# LÉO

Mon
secret
est une
chance

# GWENAËLE BARUSSAUD

# LÉO

Mon secret est une chance

RAGEOT

Cet ouvrage a été imprimé sur un papier
issu de forêts gérées durablement,
de sources contrôlées.

Menier® est une marque déposée de NESTLÉ.

Illustration de couverture : Raphaël Gauthey
Graphisme de couverture : Marlène Normand

ISBN : 978-2-7002-5336-8

*À chacune de mes filles.*

# CHAPITRE I

*Noisiel, Marne*
*Novembre 1869*

Je m'appelle Léonore. Léonore, ce n'est pas courant. Ici, à l'usine, les filles s'appellent Marthe, Louise, ou Jeanne. Mais pas Léonore. Lorsque j'étais enfant, ce nom surprenait les amis, intriguait les voisins. « Léonore, c'est un prénom de rupin ! » disait le boucher. « Alors l'Aristo, qu'est-ce que je te sers ? » demandait M. Fleury quand je venais lui acheter du pain. « L'Aristo », je ne savais pas ce que ça voulait dire. Dans la bouche de M. Fleury, j'ai compris que ce n'était pas un compliment. J'en ai parlé à mon père. Le lendemain, il est allé à ma place faire les commissions. Je ne sais pas ce qu'il a dit aux commerçants, mais on ne m'a plus jamais raillée pour mon prénom.

7

Avec les amis de mon âge, c'est différent. Nous avons grandi ensemble, mon prénom leur est familier. Il fait partie du paysage, comme la grande cheminée de l'usine qui barre le ciel gris, ou l'odeur du cacao qui infuse l'air que nous respirons... D'ailleurs, aucun ne m'appelle Léonore. On dit Léo, ça va plus vite et ça sonne mieux. Nous avons grandi ensemble, marché sur les mêmes trottoirs, joué dans les mêmes ruisseaux, accompagné nos mères aux mêmes lavoirs. À douze ans, nous avons appris le même métier. Ou presque. Nous travaillons tous ici, à Noisiel, sur les bords de la Marne où M. Menier a fait bâtir sa chocolaterie.

Sur la rive droite, c'est l'usine, où l'on fabrique les tablettes de chocolat. Elle est impressionnante avec sa haute architecture de métal, ses briques vernissées et ses céramiques. Les visiteurs, postés sur un escalier à double révolution qui domine l'ensemble, viennent assister à l'élaboration des tablettes, dans le vacarme des machines à vapeur et des turbines. Sur la rive gauche, de l'autre côté du Pont hardi, on trouve les halls de moulage, de pesage, d'emballage.

Je suis à l'emballage. Toute la journée, j'enveloppe les six barres de chocolat de chaque tablette dans un papier jaune sur lequel figure la signature de Jean-Antoine-Brutus Menier et les fac-similés des médailles qu'il a reçues pour ses produits innovants. Ces médailles, je les connais par cœur. Depuis quatre ans, elles défilent sous mes yeux : médaille d'or de l'Exposition universelle de 1834, médaille d'argent de 1839. Mon père dit que ces médailles, c'est notre fierté à nous, les employés de la chocolaterie. Que son père travaillait déjà là quand M. Menier les a reçues, des mains du roi. Et que grâce à elles, notre chocolat se démarque des autres, de tous ceux qui cherchent à nous imiter sans jamais obtenir le goût unique des chocolats Menier. Il a raison sans doute.

Bientôt, nous pourrons ajouter une médaille sur le papier d'emballage des tablettes. L'empereur Napoléon III a décidé de décerner aux usines Menier la médaille d'or de l'industrie nationale. La nouvelle est tombée aujourd'hui, dans le vacarme des machines, au milieu des vapeurs de cacao. Une délégation d'ouvriers accompagnera Émile Menier jusqu'aux Tuileries où il sera reçu par l'empereur lui-même. À l'usine, la nouvelle a produit un effet formidable. À la fermeture de la fabrique, on ne parlait que de ça. Dans les ruelles qui nous ramenaient à nos maisons, sous les becs de gaz, au café, au lavoir, tout le monde n'avait que ces mots à la bouche: Paris! La délégation! Qui en serait?

Les anciens avaient une moue dubitative, montraient une réserve prudente. Ils se méfient de la capitale. Un des leurs, qui y est allé pour rendre visite à son fils installé depuis peu près de la gare Saint-Lazare, a rapporté des choses terribles. Il dit que Paris n'est plus qu'un vaste chantier, rapport aux travaux du baron Haussmann qui s'est mis dans la caboche de transformer la ville. Les quartiers éventrés, les chaussées boueuses, les tranchées, le bruit, la foule... merci bien! Il laisse ça à d'autres! Mais les plus jeunes s'enflamment. On dit que l'empereur a fait de la capitale la ville la plus brillante du monde avec ses nouveautés, ses lumières, ses spectacles. Un passeport pour le rêve, ça ne se refuse pas quand on a vingt ans!

– Je donnerais n'importe quoi pour être de la délégation, a dit Louise sur le pas de sa porte.

Louise est ma meilleure amie. Comme nos maisons ne sont guère éloignées, chaque jour nous faisons ensemble le trajet jusqu'à la fabrique.

– Tu as toutes tes chances, ai-je dit.

En vérité, je ne voulais pas la décourager, mais nous sommes plus de mille employés à l'usine et la délégation ne comptera pas plus de dix personnes. Cela rend très improbable la possibilité d'un voyage jusqu'à Paris.

– Tu te rends compte, Léo? Paris! Ses lumières! Ses fêtes! Mon père me dit que Paris ne dort jamais. Qu'à toute heure du jour et de la nuit, on entend de la musique dans les rues! Qu'il y a toujours du monde sur les grands boulevards, des femmes élégantes, des messieurs à chapeaux, des attelages! Nous verrons tout cela! s'est exclamée Louise, grisée par la perspective de ce voyage.

– Tu vas trop vite. Attendons demain, que monsieur Menier affiche les listes. Nous verrons bien alors si nous sommes du voyage...

– Ah Léo, Léo... a soupiré Louise. Tu n'as pas de rêves dans le cœur! Tu es trop raisonnable pour une fille de dix-huit ans!

Elle m'a donné une tape amicale sur l'épaule, j'ai souri et nous nous sommes quittées.

Je ne sais pas si Louise a raison. Je ne pense pas être trop raisonnable, simplement je ne cherche pas à atteindre des sommets qui me dépassent. J'aime ma maison, ma famille, mon travail, mes amis. J'aime ma vie à Noisiel. Je sais que toujours, elle se déroulera ici, sur les bords de Marne. Qu'il y aura des matins brumeux où je rejoindrai l'usine en soufflant. Des soirs d'été où je prolongerai ma promenade sous les étoiles. Des dimanches de printemps au bord de l'eau. Et toujours, toujours, six barres de chocolat, du papier jaune, une étiquette avec des médailles, des tablettes, des millions de tablettes qui traverseront mon existence comme elles ont traversé celle de mes parents, de mes grands-parents... Des vies au goût de cacao tantôt amer, tantôt sucré...

D'ailleurs, je ne peux guère me plaindre. Nous autres, employés des usines Menier, sommes des ouvriers privilégiés. Bien sûr les tâches à l'usine sont fatigantes. Il y a le bruit des machines, l'odeur entêtante du cacao, les courbatures. Lorsque j'ai commencé, l'année de mes douze ans, j'avais si mal au dos que je rentrais le soir pliée en deux, mes bras étaient gourds, mes jambes lourdes. Papa disait: « C'est le métier qui rentre ». Depuis je me suis habituée. C'est à peine si je ressens encore la fatigue : le métier est bien rentré.

C'est difficile, c'est vrai, mais il y a des avantages à travailler à Noisiel. Napoléon III l'a dit : l'usine de M. Menier offre un modèle d'organisation de la vie ouvrière. Pour garder sa main-d'œuvre, M. Menier a bâti des logements. Trois cents maisons identiques, en brique rouge. Quatre pièces par famille, avec un vrai toit en tuiles. Un jardin attenant, un potager. Mais aussi des équipements collectifs, des lavoirs, un réfectoire, une école et même un cabinet médical. Quand maman décrit les quartiers insalubres dans lesquels elle vivait gamine avec sa famille, dans le nord de la France, je comprends que nous avons beaucoup de chance. Pourquoi rêverais-je d'une autre vie ?

Quand je rentre à la maison ce soir, je trouve mes parents pensifs, assis devant l'âtre. Mes frères, Jacques et Jean, sont couchés. Ma sœur Suzanne fait réchauffer la soupe.

– Tu rentres bien tard, fait remarquer mon père.

– J'étais avec Louise. Nous parlions...

– ... de la délégation ? Te fatigue pas, va ! Le sujet, ce soir, était sur toutes les lèvres. Mais qu'est-ce qu'ils ont tous avec ce Paris, bon sang ?

Je ne réponds pas. Quand mon père est d'humeur bourrue, je sais qu'il vaut mieux se taire. Je dépose sur sa joue râpeuse un baiser et je m'attable devant mon bol de soupe. Le breuvage brûlant me réchauffe.

Nous avons beau être au mois de novembre, il fait déjà un froid de gueux en cette année 1869. Depuis une semaine, le ciel est bas et lourd. Le matin, une fine couche de givre recouvre les fenêtres de la fabrique.

– Moi j'irais bien à Paris, me souffle Suzanne en déposant devant moi un quignon de pain.

Suzanne est ma sœur aînée. Un an à peine nous sépare, pourtant nous sommes très différentes l'une de l'autre. Même si nous nous chamaillons souvent, je l'aime bien. Et je l'admire. Elle est aussi brune que je suis blonde. Énergique, quand je suis rêveuse. Sûre d'elle, tandis que je suis souvent gauche, empruntée, hésitante. Le jour et la nuit, disent nos amis. Et dans cette image mille fois employée, je devine que je suis la nuit. D'ailleurs, ça ne me gêne pas. J'aime le ciel obscur qui fait comme un dais de velours sur les toits de la ville. J'aime les étoiles, la lumière blanche de la lune, le silence, l'ombre des arbres au loin. J'aime les chouettes et les chats gris qui passent sur les tuiles quand les employés de l'usine dorment à poings fermés. Il ne me déplairait pas de vivre comme eux, quand tout s'endort, à l'abri du regard des hommes.

Suzanne s'assoit à mes côtés. Elle jette un coup d'œil à mon père, qui fait des ronds de fumée avec sa pipe, et poursuit à voix basse :

– T'imagines un peu ? Entrer aux Tuileries ! Rencontrer la famille impériale !

– Depuis quand tu t'intéresses à l'empereur ?

– L'empereur, je m'en fiche ! Mais l'impératrice, c'est autre chose. C'est une grande dame ! On la dit généreuse, attentive à tous ses sujets. Et toujours chic avec ça, élégante et tout.

Je fais la moue. Je ne crois pas qu'il me plairait de rencontrer l'impératrice. Bien sûr je ne la connais pas. Mais j'imagine que j'aurais l'air d'une pauvresse avec ma blouse grise et mes vieux souliers devant cette femme habillée de soie et de rubans. Au pire, je susciterais son mépris. Au mieux sa compassion. Mais je n'aime ni l'un ni l'autre.

– Je ne crois pas que l'impératrice se préoccupe beaucoup d'une Suzanne Florin, qui moule des tablettes aux usines Menier de Noisiel, dis-je en secouant la tête.

Suzanne accuse le coup.

– Tu crois peut-être qu'une Léonore de l'atelier emballage l'intéresserait davantage ? me lance-t-elle, piquée.

Je hausse les épaules.

– Certainement pas. C'est pourquoi je n'aimerais guère la rencontrer, ta bêcheuse d'impératrice.

– T'es fière, voilà ce que tu es !

– Suffit ! coupe mon père qui a entendu notre conversation. On ne dit pas de mal de l'empereur sous mon toit ! gronde-t-il. Ni de l'impératrice.

Je soupire. Mon père est ce qu'on peut appeler un « fidèle sujet de l'empereur ». Il montre un respect presque religieux pour celui qui règne sur la France depuis près de vingt ans maintenant. Jamais une remarque, jamais une critique de l'empereur n'est venue franchir ses lèvres. Un jour qu'un camarade de l'usine a traité Napoléon de tyran, mon père l'a jeté à la porte de chez nous avec violence. Dans le salon, sur le manteau de la cheminée, une image un peu jaunie achetée à un colporteur représente le couple impérial, très digne, avec leur fils le prince Louis-Napoléon.

Cette image, je l'ai toujours vue chez nous. Du coup, j'ai l'impression que l'empereur fait un peu partie de notre famille. Qu'il veille sur notre foyer. L'année dernière, maman a acheté à la foire un cadre doré. Douze francs, la paie d'une semaine de travail. « L'empereur mérite bien ça ! » a dit maman comme pour répondre à nos regards réprobateurs. Les dorures du cadre contrastent avec la modestie de notre intérieur. Sur les murs nus, les meubles de bois vieilli, il jette un luxe un peu trop brillant, un peu trop visible. L'image ne jaunit plus, mais Napoléon et sa famille nous regardent toujours fixement, derrière leur vitre.

Je ne sais pas exactement pourquoi papa entretient à l'égard de l'empereur ce respect silencieux et iné-branlable. Maman dit que c'est parce que son grand-père a fait des campagnes militaires avec Napoléon, l'autre, le premier. Et que la famille a gardé à l'égard du souverain l'admiration que les grognards avaient pour Bonaparte. Moi je crois simplement que papa aime l'ordre. On ne critique pas l'empereur, de même qu'on ne critique pas son patron ou son père.

– D'ailleurs il est tard. Il est grand temps de vous coucher ! remarque mon père.

Suzanne et moi débarrassons nos bols sans mot dire. Nous embrassons les deux joues de nos parents et rejoignons notre mansarde, sous les toits. La chambre est glaciale. Nous nous déshabillons à la hâte et nous glissons en chemise dans le lit en grelottant. Sous les draps, nos pieds se rejoignent, se réchauffent mutuellement. Je regarde Suzanne. Un souffle régulier soulève doucement sa poitrine. Elle dort. Moi je n'y arrive pas. Je tends l'oreille, guette les bruits des animaux nocturnes. Je ferme les yeux. Je pense à Paris. Tous ces bruits de fête dans les rues, ces fiacres, ces rires, ces lumières allumées, ont dû faire fuir les chouettes…

# CHAPITRE II

Le lendemain, je travaille depuis trois heures déjà quand Mme Michel me fait appeler. Mme Michel, c'est la chef de notre service. C'est elle qui veille sur notre travail. Elle n'est pas aimable mais elle est juste. Elle aime le travail bien fait, les employés honnêtes et efficaces. Elle m'aime bien, je crois.

– À onze heures, me dit-elle, tu quitteras ton poste. Monsieur Menier veut te voir.

Mon cœur cesse de battre. Le sol se dérobe sous mes pieds. Je balbutie :

– Monsieur… Monsieur Menier ?

Je n'ai jamais rencontré M. Menier. Bien sûr, comme tous les employés, je l'ai croisé, à la fabrique, à l'usine, où il vient régulièrement vérifier la production du chocolat. Sa haute stature, sa canne à pommeau, sa redingote, son chapeau haut-de-forme… je les connais. Mais sa voix, le son de sa voix, je ne le connais pas, je ne l'ai jamais entendu.

Cette rencontre me paralyse.

– Mais pourquoi?

– Enfin Florin, ne soyez pas stupide, vous vous doutez bien que si monsieur veut vous voir, c'est qu'il a l'intention de vous emmener à Paris.

– Moi? À Paris? Mais… pourquoi?

Mme Michel soupire. Ce n'est pas à elle de me l'expliquer. D'ailleurs, elle a du travail, moi aussi, je dois immédiatement y retourner. Elle me congédie d'un geste et je reviens à mon poste, abasourdie, hébétée.

À nouveau les tablettes arrivent, six barres, le papier jaune, l'étiquette, les médailles. Les mêmes gestes, toujours répétés. Placer, rabattre, plier, coller. Placer, rabattre, plier… Placer… Mais tandis que mes mains accomplissent le travail, mon esprit est tout entier occupé par les paroles de Mme Michel. Paris, Paris. Je répète ces mots sans comprendre. Et le mot même de Paris devient irréel, se vide de toute substance. Pourquoi moi? Pourquoi MOI? Je pense à Suzanne, qui rêve de découvrir la capitale, à Louise qui donnerait tout pour être du voyage. Et si elles n'étaient pas sur la liste? Je devine leur réaction. Elles diront que j'ai de la chance sans doute, elles m'envieront, me jalouseront peut-être. Cette pensée me fait frémir. Et si Louise m'en voulait? Si elle croyait que j'ai obtenu cette faveur à son détriment?

– Fais attention à ce que tu fais! crie soudain Sidonie, ma voisine.

Je sursaute.

– Regarde! L'étiquette est à l'envers. Ah ça! Mais où as-tu donc la tête?

Je bredouille des excuses, jette l'emballage, en prends un autre. Sidonie me lance un regard réprobateur. Le gaspillage est sanctionné, le papier perdu est retenu sur notre paie du jour. Je calcule rapidement dans ma tête: 2,46 francs moins 40 centimes, il ne me restera pas grand-chose à la fin de la journée. J'essaie de me concentrer sur les tablettes suivantes. Ne pas penser à Menier, ne pas penser à Paris, ne penser à rien d'autre qu'à placer correctement la tablette, rabattre le papier, plier, retourner, coller. Alors, l'idée même de Paris se dissipe, devient confuse, brumeuse. Je finis par me demander si je n'ai pas rêvé les paroles de Mme Michel. Si bien qu'à onze heures, lorsque celle-ci m'autorise à partir, je suis la première surprise.

Dehors, le froid est mordant. Un petit vent glacial me cingle le visage. J'ajuste mon fichu et rejoins un groupe d'ouvriers qui se dirigent vers la maison de M. Menier. Elle ne se situe pas très loin de l'usine. Un grand parc ceint de hautes grilles la dissimule aux yeux des ouvriers si bien que beaucoup, comme moi, n'en ont jamais vu la façade. Lorsque enfin je la découvre, au détour d'une allée bordée de tilleuls, je suis époustouflée par sa taille et sa magnificence. Je ne dois pas être la seule à être impressionnée: dans le groupe, plus personne ne dit mot. Nous sommes là, sur le perron, muets, avec nos blouses, nos mains calleuses, nos mauvais souliers. J'en profite pour observer notre délégation. Je reconnais quelques visages, celui de Marthe Brisseau, de Maxime Lebret, de Jules Maucourt.

Jules, je le connais bien. Nous étions dans la même classe. Il m'adresse un signe de la main, joue des coudes pour se rapprocher de moi.

– Alors, t'en es ? me demande-t-il à mi-voix.

Je n'ai pas le temps de répondre. Les portes s'ouvrent et un valet en livrée nous fait pénétrer dans l'entrée. Aussitôt, mes yeux sont happés par un immense escalier de marbre qui s'élance dans les étages, surplombé de tableaux, de portraits encadrés de dorures. Rien à voir avec notre modeste image de la famille impériale.

– Monsieur Menier va vous recevoir, annonce le valet. Veuillez me suivre.

Et, en prononçant ces paroles, il jette un regard oblique à nos chaussures boueuses qui foulent le tapis. Nous le suivons dans un dédale de couloirs. Instinctivement, je me rapproche de Jules. Lui non plus n'en mène pas large. Il balaie du regard les plafonds, les murs, le sol, fasciné par l'opulence de la demeure.

Enfin, nous pénétrons dans le bureau de M. Menier. Celui-ci nous invite à nous approcher. Comme je suis derrière le groupe, et que je ne suis pas grande, je ne le vois pas. C'est à peine si je distingue, entre les silhouettes amassées, sa redingote, très droite, très sombre, derrière son bureau.

De son discours, je n'entends rien. Mon cœur bat trop fort, et les corps qui me séparent de lui font écran à ses paroles. Je perçois des bribes « fierté de notre Empire », « Sa Majesté Napoléon III », « progrès », « industrie », « avenir ». Puis le grand Pierre, celui qui travaille au concassage des fèves, prend la parole. Je comprends qu'il est question de train, de gare, de logement. Je comprends surtout que ce qui nous apparaît comme une immense expédition n'est qu'une visite rondement menée : trois jours, un pour l'aller, un pour le retour, un pour la visite. Au-delà, la production s'en ressentirait. Le 1er, le 2, le 3 décembre, ce sont les dates. M. Menier finit par un discours sur l'exemplarité, sur la tenue. La dernière phrase résonne longtemps sous les stucs du plafond : « Vous représentez la marque Menier, c'est à vous, à votre conduite, qu'on jugera l'excellence de notre production ». Les ouvriers ont l'air sincèrement impressionnés. Pourtant, lorsque nous repartons et nous dispersons au terme de la visite, j'entends distinctement un ouvrier insulter l'empereur. « S'il croit que je vais me courber devant cette canaille, il se met le doigt dans l'œil ! », lance Lebret. Cette phrase me laisse interdite.

Lorsque je rentre ce soir-là, mes parents sont attablés en silence. Ils ont l'air graves. Je devine que la nouvelle de mon départ pour Paris est arrivée jusqu'à eux. D'ailleurs, elle est arrivée jusqu'à tous les employés.

Mon nom figure sur une liste affichée en grand, sur la porte de la fabrique.

– 'soir pa! 'Soir man! dis-je en ôtant ma pèlerine.

Mon père me répond d'un signe de tête. Ma mère me désigne une place, à ses côtés.

– Suzanne n'est pas là?

– Suzanne est chez Jeanne, répond ma mère. Léonore, il faut qu'on te parle.

Je m'assois près d'elle, un peu inquiète du ton grave qu'elle emploie.

Mon père hoche la tête. Il n'a jamais été bavard mais son silence, ce soir, est différent. Ce n'est pas un silence apaisé ou contemplatif. C'est un silence lourd de choses inexprimées.

– Léo, m'annonce-t-il en prenant ma main, ta mère et moi on voudrait te dire quelque chose.

Je dévisage mon père. Ce geste et cette voix ne lui sont pas coutumiers.

– C'est très sérieux tu sais, dit ma mère dans un souffle.

Elle croise le regard de mon père, prend une longue inspiration.

– Il y a des années de cela, j'étais nourrice. Je venais d'avoir Suzanne, je ne pouvais plus travailler à la fabrique. Avec ton père, on a décidé que je resterais à la maison pour nourrir les gamins de la ville. Ma foi, le travail ne manquait pas! Les bourgeois de

Paris m'apportaient leur nouveau-né, encore emmailloté dans ses langes. Le gamin grandissait chez nous, se fortifiait et puis, lorsqu'il avait deux ou trois ans, ses parents venaient le chercher, c'était l'usage. Un matin du mois d'août, c'était l'année 1851, un couple de Parisiens s'est présenté chez nous. Désilles, qu'ils s'appelaient. Ils avaient entendu parler de moi par des amis, à ce qu'ils ont dit. Ils avaient dans les bras un beau couffin, tout rose, avec des rubans, de la soie et tout. Dedans, l'enfant dormait à poings fermés. C'était une petite fille, toute jolie, une vraie poupée de la ville. J'avais beau avoir déjà trois marmots à la maison, en plus de Suzanne, j'ai accepté. Et ma foi, je ne l'ai jamais regretté. Au début, j'ai reçu des versements réguliers. Douze francs tous les mois, c'était une belle somme. Le monsieur, qui envoyait les billets, joignait toujours une lettre que le curé me lisait. Il demandait des nouvelles de la petite, s'inquiétait de savoir si elle se portait bien, si elle se fortifiait. Et puis un jour, sans qu'on sache pourquoi, on n'a plus rien reçu. Rien. Du jour au lendemain. Ni lettre, ni argent.

Mon père s'éclaircit la gorge et continue à sa place.

– Bien sûr, on aurait pu chercher les parents pour leur rendre la gamine. L'enfant grandissait, trois ans, puis quatre, puis dix… Ça faisait bien longtemps qu'elle n'avait plus besoin de lait. Mais on n'avait rien qu'une adresse et un nom, et même ce nom, on n'était pas sûrs que ce soit le bon. Des fois qu'ils nous auraient menti…

– Et puis, on s'était attachés aussi, a ajouté ma mère dans un murmure. On se disait : même si on les retrouve, qu'est-ce qu'ils feront de ce marmot qu'ils n'ont point voulu reprendre ? Et s'ils le mettaient à l'assistance publique ? Des parents qui sont capables d'abandonner leur enfant, ils doivent pas avoir de cœur.

À ces mots, ses yeux s'emplissent de larmes. Elle se mouche bruyamment.

– On pouvait pas donner l'enfant à des parents sans cœur, hein ? Et puis cette gamine, c'était devenu un peu la nôtre. Alors, on l'a gardée.

Un long silence se fait.

Une angoisse diffuse gonfle mon cœur sans que je puisse dire pourquoi. Mille questions se pressent que je refuse de formuler, de peur d'entendre la réponse : qui est cette enfant ?

Comment s'appelle-t-elle ?

Qu'est-elle devenue ?

Finalement, je demande :

– Pourquoi me racontez-vous cela ?

– Parce que c'est la vérité, Léo, dit doucement mon père.

– Parce que cette enfant, c'est toi, ajoute ma mère.

Je ne relève pas. J'avale ma salive, les mots m'étranglent. Mon cœur est gonflé de sanglots retenus.

– Mais pourquoi maintenant ? Pourquoi ce soir ?

Mes parents échangent un long regard en silence. À les voir ainsi, je comprends que la décision a été longue, difficile, qu'ils l'ont prise ensemble. Je devine aussi qu'ils en ont parlé souvent, qu'ils ont hésité, qu'ils n'ont pas toujours été d'accord, qu'ils ont été déchirés.

– C'est à cause de Paris, à cause du voyage, dit mon père.

Et d'un coup de menton il désigne la photo de l'empereur.

– On s'est dit que c'était peut-être ta chance, l'occasion ou jamais de savoir.

– On n'a pas le droit de te laisser partir sans rien te dire, a poursuivi ma mère. Souvent on a voulu te parler. On a pensé que ce serait mieux. Mais on avait peur. Qu'est-ce que t'aurais fait d'un secret aussi lourd, ici, à Noisiel ?

– Maintenant c'est différent, dit mon père. Puisque tu pars à Paris. Si tu les croisais, si tu les voyais... On s'en voudrait de te garder ici, de t'imposer une vie d'ouvrière alors que peut-être...

Je ne le laisse pas finir.

– Mais cette vie, elle me convient à moi ! Vous avez toujours dit qu'on n'était pas à plaindre, qu'on avait de la chance, qu'on devait être fiers d'être ouvriers chez Menier.

– Nous autres, oui, dit mon père. Mais toi... peut-être pas, Léo. Peut-être pas...

# CHAPITRE III

– Léo ? Tu dors ?

Je laisse les questions de ma sœur se perdre sous la mansarde. Je ferme les yeux, feins une respiration régulière quand ma poitrine bouillonne, quand mon cœur cogne, quand le sang bat dans mes tempes.

– Tu dors vraiment ? insiste-t-elle. Je ne sais pas comment tu fais pour dormir. Si c'était moi, je serais tellement excitée d'aller à Paris que je garderais les yeux ouverts toute la nuit. Tu te rends compte de ta chance ? Hein ? Léo ???

Au mot de chance, les larmes me montent aux yeux. Ne pas pleurer. Ne pas pleurer. Je lui tourne le dos.

– Tu ne veux rien dire ? Oh t'es pas drôle, va ! Je suis assez bonne pour ne pas t'en vouloir, et tu refuses de me parler ?

– J'ai sommeil, dis-je dans un murmure.

Suzanne râle un peu puis se tait et finit par s'endormir. Mais moi, je n'y arrive pas.

Les heures passent, le clocher de l'église sonne. Et rien ne vient. Pas de rêves où m'évader, pas même un sommeil lourd, un sommeil de brute dans lequel je me perdrais pour tout oublier. Non, j'ai la conscience bien éveillée au contraire, je sens parfaitement cette crevasse dans mon cœur, qui fissure mes certitudes, ébranle mes convictions. Mes parents ne sont pas mes parents.

Curieusement, cette révélation éclaire des zones d'ombre. C'était donc ça mon prénom d'aristo, mon teint pâle, mes cheveux blonds, ma dissemblance avec Suzanne ? Les pièces s'emboîtent comme celles d'un puzzle. Mais d'autres manquent… Qui sont mes parents ? Pourquoi ne sont-ils jamais revenus me chercher ? Mon avenir, surtout, apparaît plus obscur, plus flou. Jusqu'à ce soir les choses s'ordonnaient sagement. Je travaillais à l'usine, j'emballais des tablettes de chocolat. Je n'avais pas d'autres ambitions, pas d'autres rêves. Un toit, un travail. Peut-être aussi un jour, un fiancé que j'épouserais à l'église de Noisiel, des enfants. À présent, tout est bouleversé. Bien sûr, je pourrais faire semblant de ne pas savoir. Je pourrais garder cette révélation bien enfouie, la couvrir d'un voile, y apposer le sceau du secret. Faire comme si ces paroles-là n'avaient jamais été prononcées. Continuer comme avant. Mais je sais que je n'y arriverai pas. Que chaque matin, mon visage dans la glace me trahira.

Que mon nom, dix fois par jour, me renverra le secret de mes origines. Que l'épine sera là, toujours fichée dans mon cœur. Est-ce qu'on peut vivre avec une épine dans le cœur? Il faut que je sache.

D'ailleurs, c'est dans ce but que mes parents m'ont tout avoué ce soir. Dès qu'ils ont appris que je serais de la délégation parisienne, ils ont décidé de me révéler la vérité. « Ce voyage à Paris, c'est ta chance, a dit mon père. Tu pourras essayer de savoir, tenter de retrouver ta vraie famille. » C'était pour mon bien, ils l'assuraient. Ils s'en seraient voulu de me garder dans l'ignorance, de m'imposer une vie d'ouvrière si d'autres horizons, plus grands, pouvaient s'ouvrir à moi. J'ai eu beau répéter que je ne voulais pas d'autres horizons, que celui qu'ils m'avaient donné me convenait très bien, ils ont secoué la tête. À la fin, comme j'assurais que je reviendrais quoi qu'il arrive, papa a dit:

– Sans doute, tu reviendras. Mais au moins, ce sera ton choix, ta décision.

Il a passé sa main dans mes cheveux et j'ai su qu'il m'aimait. À sa manière. Un peu bourrue, un peu brusque. Mais pas plus, ni moins que les autres, ses « vrais » enfants, mes frères et sœur, qui en fait n'en sont pas. Maman aussi m'aime. Qu'elle n'ait pas voulu me rendre à l'assistance dit assez son grand cœur, sa générosité. « On t'aime comme notre fille, comme Suzanne » a-t-elle répété plusieurs fois. Suzanne... Je la regarde dormir à mes côtés, je ne parviens pas à croire que nous ne sommes pas sœurs.

– Vous êtes sœurs de lait, a rectifié ma mère.

J'ai eu l'impression que c'était un lot de consolation. D'ailleurs on parle des liens du sang, pas des liens du lait, ça n'existe pas. À nouveau, je sens mes yeux se brouiller de larmes. Pour me distraire de ces pensées, j'essaie de réfléchir à ce que je vais faire quand je serai à Paris. Mes indices sont minces. J'ai un nom, Désilles, une adresse : 21, boulevard Saint-Germain, un petit drap de batiste blanc sur lequel est brodé le monogramme de ma famille. C'est peu. Je doute que cela me permette de retrouver qui que ce soit. Et quand bien même je verrai mes parents, que leur dirai-je ? Comment accueilleront-ils celle qu'ils ont préféré oublier, abandonner à une famille d'ouvriers de Noisiel ?

Je me sens soudain oppressée sous ces draps, sous ce toit si bas que je peux le toucher rien qu'en levant la main. J'étouffe.

Je me lève et ouvre la petite lucarne découpée dans les tuiles. Je suis si frêle qu'en prenant appui sur les rebords, je peux me hisser sans difficulté sur le toit. Je respire mieux.

Dehors, le ciel est couleur d'encre. De hauts feuillages d'ombre sont secoués par de brusques rafales, avec un mugissement sinistre. Une girouette rouillée grince au loin. Un chat s'approche, vient chercher une caresse, se pelotonne entre mes bras. Je ne sais par quel miracle je me sens soudain moins vulnérable, moins inquiète, protégée par l'épais manteau de la nuit.

Je pense au monogramme et mon imagination divague. J'essaie de me représenter le visage de ma mère. À quoi ressemble-t-il ? Le seul visage qui me vient à l'esprit, c'est celui de l'impératrice, immobile derrière son cadre doré. Peut-être parce qu'elle est la seule femme élégante que je connais. Pour mon père, c'est moins difficile. Je le pare du costume de M. Menier. Redingote, chapeau haut-de-forme, canne à pommeau. Mais lorsque j'imagine son sourire, c'est toujours celui de mon père qui me revient en tête. Désilles… « Léonore Désilles », murmuré-je. C'est vrai que c'est joli, que ça sonne bien. Le chat miaule sous mes caresses. Peu à peu ma douleur s'atténue sous l'élan de ma curiosité. J'ai envie de savoir, de lever le voile sur le secret de ma naissance. Mon avenir apparaît soudain immense, riche de tous les possibles. C'est donc vrai que tout n'est pas tracé, ni définitif ? Un vertige me prend. Je relâche le chat et me glisse prestement à l'intérieur de ma chambre.

Je regarde Suzanne endormie, qui ne quittera pas Noisiel. Pour la première fois, je pense que mon secret est peut-être une chance.

Les instructions sont claires. Le départ se fera devant l'usine le 1er décembre. Une voiture nous mènera d'abord à Noisy-le-Grand. Là, on prendra le train jusqu'à la gare de l'Est. Pour la majorité des ouvriers, c'est une première. Le chemin de fer a beau s'étendre comme les tentacules d'une pieuvre sur la carte de l'Empire, la plupart d'entre nous n'ont jamais pris le train. À Paris, nous serons logés dans une pension, près des Tuileries. Temps libre le premier soir. Le lendemain, la délégation est attendue aux Tuileries à dix heures. Nous serons reçus par l'empereur. La cérémonie durera deux heures. Après-midi libre, puis retour à la pension. Le train nous ramènera à Noisy-le-Grand le lendemain, départ gare de l'Est à midi tapantes.

En entendant le programme, je compte les heures de temps libre. Deux soirées et une après-midi. C'est très court. Surtout pour qui ne connaît pas la capitale. Je me promets de mettre à profit ce temps pour chercher le plus d'indices possible. Mais par quoi commencer ? Par où ? Le boulevard Saint-Germain, est-ce loin des Tuileries ? Je n'ai guère le temps d'y songer.

Pendant les jours qui précèdent le départ, nous consacrons nos heures libres aux préparatifs. Il faut me refaire une robe. Maman choisit un modèle très simple, en velours noir, avec pour seul luxe un petit col de dentelle blanc et un bouton de nacre. La couturière annonce le prix : trente francs, payables en trois fois. Je sais que c'est une fortune, je le dis à ma mère mais elle ne cède pas.

– Si tu retrouvais tes parents, me glisse-t-elle, je ne veux pas qu'ils aient honte de toi. Ou bien qu'ils pensent qu'on t'a mal élevée. Il faudra être propre, soignée. Et puis que dirait l'empereur ?

Je me range à cet avis et me prête de bonne grâce aux essayages. Je ne sais si je souhaite plaire à l'empereur, à mes parents ou aux deux, mais j'ai en moi un fond de fierté inflexible qui se cabre à la perspective de paraître inférieure. Est-ce un héritage de ma naissance? Ma sœur me passe ses chaussures qui sont neuves de l'an passé et moins usées que les miennes. Un voisin nous prête une valise en cuir bouilli. J'y range mes affaires de toilette, un ruban pour mon chignon, un bonnet propre bien amidonné, et le drap blanc de ma naissance avec son monogramme.

Avant de le glisser dans la valise, je le caresse du plat de la main. Le tissu est doux, fluide, léger. Je n'ai jamais rien possédé d'aussi fin. Ma paume rencontre le monogramme brodé en coton blanc. Les deux lettres entrelacées, un L et un D très travaillés avec des courbes, des ornements, forment un petit renflement. «C'est de la belle ouvrage!» a dit ma mère tandis que mes doigts suivaient lentement les courbes du monogramme. Je n'ai pas répondu. Des parents qui prennent tant de soin à faire broder un trousseau à vos initiales, avec leur propre nom, comment peuvent-ils ensuite vous abandonner?

– Tu reviendras? demandent mes frères Jacques et Jean, quand je passe la porte le lundi suivant.

Nous sommes le 1er décembre.

– Mais bien sûr que je vais revenir, gros benêts!

N'empêche, quand j'embrasse mes frères, mon cœur se serre. J'ai beau savoir qu'aucun lien du sang ne nous retient, j'éprouve toute la force de l'affection qui nous unit. C'est la même chose avec Suzanne. Les adieux à mes parents sont différents. Eux savent. Peut-être est-ce pourquoi leur étreinte est plus longue, plus affectueuse. Mon père ne dit rien mais ses yeux brillent un peu quand il m'embrasse. Ma mère essuie une larme. «Bonne chance ma Léo» me souffle-t-elle.

Comme je crains de pleurer à mon tour, je hâte mon départ. Un fiacre nous attend pour nous conduire à la gare de Chelles. Je m'y installe et, alors qu'il s'ébranle, je me poste à la fenêtre. Derrière la voiture, je vois l'usine Menier rétrécir jusqu'à devenir aussi grande qu'un mouchoir. Devant elle, les hommes en blouse noire ne sont plus que des ombres, des points perdus à l'horizon. Et puis, on prend un virage et soudain l'usine disparaît. Alors je tourne la tête et je cache mes larmes. Mon voisin pose sa main sur mon bras.

– Pleure pas, petite, t'en mourras pas de ce voyage!

# CHAPITRE IV

*Paris, gare de l'Est
1er décembre 1869*

Je n'en suis pas morte, non. Mais lorsque le train entre en gare de l'Est, après deux heures de voyage, je suis épuisée. Nous avons voyagé en troisième classe. Entassés entre les familles de voyageurs, les victuailles, les valises, nous n'avons guère eu de repos. Au début, parce qu'il est assis à côté de moi, Jules me parle. Des amis, de son travail, de la nouvelle machine qu'ils ont reçue, à l'usine. Il décrit les pièces, les ressorts, le mécanisme avec tant de précision que nos voisins, un couple de paysans à la face rougie qui transportent des poules dans des paniers, l'écoutent bouche bée. « Tu entends ? » me crie Jules par-dessus le bruit de la locomotive. Mais moi, j'ai la gorge nouée, je ne peux pas répondre. Dans la valise de cuir bouilli que je tiens sur mes genoux, je devine le petit drap de batiste blanc avec le monogramme de ma famille. MA famille ? Je ne reconnais pas mon nom dans ces initiales, élégantes avec leurs courbes élancées. Léonore Désilles. Léonore Désilles. Je prononce ce nom plusieurs fois à voix basse. Léonore Désilles... Et il me semble que le train lui-même répète ces syllabes comme un écho, dans le mouvement régulier de ses roues, dans le sifflement de sa locomotive. Léonore Désilles... Je regarde le paysage par la fenêtre et le monogramme s'inscrit partout. Sur les plaines rases que nous fendons à toute allure, dans le ciel d'hiver éclairé d'un soleil pâle, dans la vapeur échevelée qui s'échappe de la locomotive : toujours les mêmes lettres entrelacées avec, entre les courbes, l'ombre de leur mystère. La vitesse m'étourdit, j'ai un peu mal au cœur. Je ferme les yeux. Je dois finir par m'endormir car, lorsque je les ouvre à nouveau, nous sommes à Paris.

Sous les marquises de la gare, une foule se presse dans l'agitation et le bruit. Je me penche par la fenêtre. Des gamins vendent des journaux à la criée, au milieu des coups de sifflet stridents des chefs de gare. Les injecteurs des locomotives lâchent des nuages de vapeur. Je descends sur le marchepied, les mains agrippées à ma petite valise.

Sur le quai, je retrouve mes compagnons de voyage. Les femmes bavardent entre elles, commentent le spectacle animé de la gare. Les hommes, eux, allument une cigarette en silence. Instinctivement, nous nous serrons les uns contre les autres. Pour la plupart d'entre nous, ce voyage à Paris, c'est une première. Non pas que la capitale soit lointaine ! Depuis qu'une ligne de chemin de fer relie Paris à Strasbourg en passant par Chelles et Meaux, nous sommes à moins de deux heures de Paris. Seulement le prix des billets est élevé. Les accidents de train fréquents. Et puis avec le travail de l'usine, on n'a guère de temps.

Quand Suzanne dit à papa qu'elle aimerait connaître la capitale, il répond invariablement qu'on ne trime pas toute la semaine pour gaspiller sa paie le dimanche en billets de chemin de fer. Et puis, qu'irait-elle faire à Paris ?

M. Menier, qui a voyagé en première classe, nous retrouve sous les marquises de la gare. Il a la même prestance que d'habitude, la canne, le chapeau que je lui connais. Cependant, dans le ballet des Parisiens élégants et pressés, je lui trouve un air plus simple, plus modeste qu'à Noisiel. Plus familier aussi. Nous sommes du même pays. Dans cette ville étrangère, nos origines communes effacent un peu les différences qui nous séparent.

M. Menier nous rassemble et nous fait quelques recommandations d'usage. Surtout, se tenir prêts demain, à l'aube, quand il viendra nous chercher pour rencontrer l'empereur. « Qui d'entre vous sait lire ? » ajoute-t-il. Je lève la main timidement. Jules aussi.

Depuis que M. Menier a ouvert une école dans la cité ouvrière, tous les enfants des employés bénéficient d'une instruction jusqu'à l'âge de douze ans. C'est un privilège que nos aînés n'ont pas connu. Émile Menier remet à Jules un billet avec une adresse. « Mon garçon, je te charge de conduire le groupe jusqu'à la pension Girard ! » Puis il nous salue, hèle un fiacre et disparaît, accompagné de son valet. Nous voilà abandonnés, dans ce hall de gare bondé, avec nos blouses grises, nos mauvais souliers et nos vieux baluchons.

– Alors, gamin, tu nous la trouves cette pension ? demande Marthe Brisseau, les poings sur les hanches.

– C'est comme si c'était fait ! fanfaronne Jules, gonflé de l'importance de sa mission. Suivez-moi donc.

« Comme si c'était fait ! », c'est vite dit. Il nous a fallu plus de trois heures pour trouver la rue de l'Échelle où nous devons dormir cette nuit. Nous avons d'abord pris un omnibus qui ne desservait pas notre arrêt. Puis un autre, le bon celui-là, mais que nous avons emprunté dans le mauvais sens. Enfin, nous avons fini par marcher, dans le froid de ce premier jour de décembre.

C'est vrai, ce qu'ils disaient, les anciens à l'usine : Paris, c'est un immense chantier. De larges boulevards côtoient d'étroites ruelles. Des maisons sont éventrées, des boutiques détruites. Partout, on coupe, on perce, on aligne. Il y a des trous, de la boue, du bruit. Il y a surtout du monde, tout un peuple affairé qui court, hèle les cochers, s'engouffre dans des portes cochères, s'arrête devant les vitrines. Les vitrines, moi, je ne les ai pas vues. Nous étions si inquiets de ne pas trouver notre pension avant la nuit que nous n'avons guère musardé. Qu'importe, je ne suis pas venue pour cela ! Tandis que Jules s'échinait à déchiffrer le plan de la ville, sur de grosses colonnes en fonte verte, moi je cherchais des yeux le boulevard Saint-Germain. 21, boulevard Saint-Germain. C'est l'adresse à laquelle mes parents envoyaient leur courrier. L'adresse d'où provenait l'argent que les Désilles versaient chaque mois. C'est là que je dois me rendre. Sur les plans, je n'ai rien vu. Dans l'entrelacs des lignes noires qui figurent les rues, je n'en ai pas trouvé qui porte le nom du boulevard Saint-Germain. Dans les rues, j'ai levé les yeux, j'ai observé les plaques : rien. Et si c'était une fausse adresse ?

Notre arrivée à la pension Girard ne passe pas inaperçue. Dix ouvriers aux mains noircies par le cacao, ça ne doit pas être si fréquent. Des pensionnaires, attablés dans une grande salle où ils jouent aux cartes, nous dévisagent. Certains murmurent. La patronne s'appelle Grand'Marie, elle est sèche comme un coup de trique. Elle nous scrute de la tête aux pieds, nous parle avec rudesse. Puis elle nous entraîne à sa suite dans un vieil escalier étroit et ouvre au dernier étage une enfilade de petites chambres aux murs blancs, composées d'un lit de fer, d'une bassine et d'un pichet d'eau.

– Le souper est servi à six heures, aboie-t-elle. Et surtout, on ne ramène personne ici, hein ? Pas de garçon ! C'est entendu ? insiste-t-elle en me jetant un regard suspicieux.

Je hoche la tête. Puis je pénètre dans ma chambre, ferme le loquet de la porte et me laisse tomber d'un coup sur mon lit, les bras en croix, épuisée par notre longue marche.

Je réalise que, pour la première fois de ma vie, je me trouve dans une chambre pour moi seule, loin de mes parents, de mes frères et sœur, de l'usine. C'est étrange, cette sensation de liberté. C'est étrange, et c'est vertigineux.

Je me lève et ouvre la lucarne percée dans le toit. Un vent froid entre dans la chambre, chargé des rumeurs de la ville : les pas des chevaux sur les pavés, les cris des enfants qui jouent sur les trottoirs, le bruit des travaux, la musique d'un orgue ambulant, toute une vie trépidante pénètre dans la pièce.

Au loin, mon regard rencontre les ramures des arbres qui se balancent dans le ciel bleu, éclairées d'une lumière pâle. Au-delà, ce sont des toits, des milliers de toits, une mer d'ardoises, que dominent parfois une flèche, une tour, un clocher... Sous un de ces toits – mais lequel ? – mes parents, mes vrais parents, doivent vivre. Soudain, un miaulement attire mon attention. Un chat gris se faufile derrière une énorme cheminée et s'approche de moi. Je l'attrape, le caresse, lui parle à voix basse :

– Toi qui es parisien, connais-tu le 21 boulevard Saint-Germain ? Monsieur et madame Désilles, cela ne te dit rien ?

Après le souper, servi sans ménagement par notre hôtesse, nous décidons d'aller en ville. « Puisque nous y sommes, on aurait tort de se priver d'une petite visite nocturne ! » lance Maxime Lebret. Deux femmes s'y opposent : elles sont épuisées et craignent de se perdre. La promenade de l'après-midi leur a suffi, merci bien ! Mais les autres s'animent, pour une fois qu'on a le loisir de disposer de son temps à sa guise, hein ? Un employé à forte carrure, qui dépasse d'une tête notre petit groupe, déclare qu'il veut aller sur les grands boulevards, là où sont les théâtres, les cafés, le cœur battant de la ville. Cette proposition suscite l'enthousiasme : oui, les boulevards ! Les boulevards ! Je pense à mon adresse : 21, boulevard Saint-Germain. Avec un peu de chance, nous passerons devant la maison Désilles.

Dehors, nous sommes saisis par le froid mordant. Ma mince pèlerine ne me protège guère des rafales de vent qui balaient les pavés. Les becs de gaz sont allumés : des centaines de flammes trouent l'obscurité du ciel, dessinant des chemins de lumière dans l'air nocturne.

– Que c'est beau ! s'exclame une ouvrière, coiffée d'un petit chapeau violet dont l'élégance jure avec la simplicité de sa mise.

Lebret hausse les épaules.

– C'est beau, mais c'est cher! Les ambitions de l'empereur lui font tourner la tête, il ruinera le peuple avec son goût des grandeurs. De la poudre aux yeux, voilà ce que c'est!

Certains approuvent. Moi, je ne veux pas me laisser gâcher cette soirée de fête par des considérations politiques. Mon regard croise celui de Jules et je lui souris.

Dans les rues, sur les avenues, s'engouffre une gaieté nocturne à laquelle je rêve de me mêler. Des noceurs, en redingote et haut-de-forme, passent devant nous en parlant fort. Des femmes très élégantes rient. Je les observe à la dérobée. Elles portent des robes à crinoline dont les cerceaux font gonfler les jupes démesurément, des bijoux, des chapeaux à plumes. Elles ont l'air heureuses, insouciantes. Est-ce que ma mère est une de ces femmes? Est-ce qu'elle aussi sort le soir en riant, sans une pensée pour l'enfant qu'elle a abandonnée il y a dix-sept ans? À Noisiel, cela me semblait impossible. Mais ici, tout est différent. Il y a dans ce Paris nocturne quelque chose d'euphorique, de grisant, qui doit vous faire oublier même vos propres enfants...

– C'est le boulevard des Italiens! m'explique Jules Maucourt alors que notre petit groupe débouche sur un immense boulevard.

Ici, des landaus, des fiacres, des berlines s'alignent devant des théâtres où une foule tapageuse s'engouffre en riant. Les chevaux piaffent d'impatience. Les cochers s'invectivent.

Je m'arrête devant la vitrine d'un grand café. Sous des lustres éclatants, des hommes, des femmes dévorent des huîtres, engloutissent des faisans, avalent des pâtisseries appétissantes. Marthe Brisseau s'approche de moi, me donne un coup de coude :

– Hein ? Y en a qui s'en paient de belles quand d'autres triment comme des ânes !

Je hoche la tête. Je pense à mes parents de Noisiel, à ma sœur, à mes amis qui dorment d'un sommeil de plomb, écrasés par le labeur d'une dure journée tandis que les Parisiens s'amusent. Et plus que jamais, malgré ma naissance secrète, malgré mon ascendance parisienne, je me sens de l'autre côté, du côté du peuple qui travaille, de ceux qui triment comme des bêtes, loin de cette vie de plaisir et d'amusement.

Nous poursuivons notre promenade sur les boulevards. Boulevard des Italiens, boulevard des Capucines, boulevard de la Madeleine. Pas de boulevard Saint-Germain. Un garçon passe près de moi en criant :

– Roses de Noël ! Qui veut des roses de Noël ?

Dans une caisse en bois retenue sur ses épaules par des bretelles, il exhibe des bouquets de roses blanches et pourpres.

– Une rose, mam'zelle ? demande-t-il en me tendant une fleur.

Je secoue la tête.

– Tenez pour vous, je la fais un sou ! C'est donné ! ajoute-t-il avec un clin d'œil.

Il a un air rieur, des yeux clairs, la gouaille parisienne.

– Je n'ai pas d'argent !

Je mens. Avant de partir, maman m'a glissé une bourse emplie de pièces. « Pour tes besoins » a-t-elle précisé laconiquement. Mes besoins, non mes plaisirs.

– Dommage ! dit le garçon aux roses. Bonne soirée quand même !

Et il m'adresse un large sourire avant de s'éloigner en reprenant sa rengaine. Soudain une idée traverse mon esprit comme un éclair : un garçon comme celui-là, un vrai titi parisien comme on dit, il doit connaître Paris comme sa poche... Alors, poussée par un élan, je le rattrape.

– Attendez ! Connaissez-vous le boulevard Saint-Germain ?

Le vendeur de roses me dévisage puis éclate de rire. Je suis un peu vexée mais n'en laisse rien paraître.

– Le boulevard Saint-Germain ? répète-t-il éberlué. Alors ça ! Mais d'où viens-tu donc ?

Mon ignorance doit m'avoir fait baisser dans son estime pour qu'il me tutoie sans me connaître.

– Je viens de Noisiel dans la Marne. Je cherche le boulevard Saint-Germain.

– Eh bien tu n'y es pas du tout ! Ici, explique-t-il, c'est la rive droite. Les grands boulevards, les nouveaux quartiers. Du tape-à-l'œil pour nouveaux riches. Le boulevard Saint-Germain, c'est de l'autre côté de la Seine, la rive gauche. Un quartier pour les rupins, les aristos avec des maisons larges comme ça (il écarte les bras). Mais on s'y amuse guère le soir, rapport aux bonnets de nuit qui veulent dormir tranquillement après avoir recompté leur or. Si c'est l'amusement que tu cherches, le bon quartier c'est ici, pas de l'autre côté !

– Je ne cherche pas l'amusement, je cherche une maison, au 21 du boulevard Saint-Germain.

– Alors dans ce cas, il faut que tu ailles place de la Madeleine, au bout du boulevard. Tu enfiles la rue Royale et tu traverses la place de la Concorde. Tu ne peux pas la louper, avec sa grande flèche de pierre qui vient d'Égypte et qu'on a plantée là, au beau milieu de la place. Et ensuite, hop ! T'attrapes le boulevard Saint-Germain. Mais ce boulevard, il est long comme le bras. Tu peux marcher longtemps avant de la trouver, ta maison...

J'essaie de retenir chacune de ses indications. La rue Royale, la place de la Concorde, la grande flèche... Lorsque je relève les yeux, je vois le groupe des ouvriers de Noisiel qui s'éloigne et disparaît dans la foule des boulevards. Si je ne pars pas en courant maintenant, je vais les perdre. Je remercie brusquement le vendeur des roses et détale.

– Attends ! Attends ! crie-t-il en courant derrière moi.

Il me saisit par le poignet.

Je m'immobilise.

– Si tu veux, je peux t'emmener, moi, boulevard Saint-Germain.

Je m'arrête, réfléchis rapidement. Mes yeux vont du garçon qui me fait face au groupe qui s'éloigne, du groupe au garçon.

Son regard, son sourire m'inspirent confiance. Sa main, toujours posée sur mon poignet, l'enserre doucement. Je sens mon pouls battre sous ses doigts. Je brûle d'accepter. Mais il est trop tard. Que ferai-je au 21 boulevard Saint-Germain à cette heure avancée ? Il vaut mieux revenir en plein jour.

– Est-ce que tu accepterais de m'y accompagner, demain ?

– Demain ? À quelle heure ?

– Après midi.

Il a une grimace.

– Après midi, je suis au turbin mais tu pourrais m'accompagner.

– Qu'est-ce que tu fais ?

– Je vends le journal à la criée. *La Marseillaise,* qu'il s'appelle, ajoute-t-il d'un air crâne.

Un coup d'œil rapide en direction des ouvriers de Noisiel. Ils ont disparu, absorbés par la masse confuse de la foule. Je dois les retrouver. Mon cœur bat la chamade.

– Je serai aux Tuileries, dis-je très vite. Je t'attendrai.

– Dans les jardins ? Je viendrai. Attends-moi devant la statue du tigre, près du bassin.

Je hoche la tête.

– Je m'appelle Émilien, dit-il.

– Léonore.

46

Il sourit. Il doit croire que je le dupe, que j'emprunte le prénom d'une autre. Léonore, ça ne colle pas très bien avec ma blouse grise d'ouvrière, mes mains abîmées.

– Léonore ? répète-t-il, incrédule.

– Oui, Léonore. Pourquoi fais-tu cette grimace ?

Il hausse les épaules.

– Je trouve que ça ne te va pas du tout. Ça fait bourgeois.

– Ça fait peut-être bourgeois mais c'est le prénom que j'ai reçu !

– D'accord, Léonore, d'accord ! Alors à demain, aux Tuileries.

Je dégage ma main et pars en courant.

Lorsque je rejoins Jules qui est resté en retrait pour m'attendre, je suis essoufflée, encore stupéfaite de mon audace.

– Qu'est-ce que tu faisais ? me gronde Jules.

– Rien, je flânais…

Jules a une moue réprobatrice. Est-ce qu'il m'a vue avec le vendeur de roses de Noël ?

– T'as acheté ça à ce vaurien ? me demande-t-il en ôtant de mes cheveux une rose blanche.

Je regarde la fleur, stupéfaite. Émilien a dû la glisser dans mes cheveux sans que je m'en aperçoive. Je hoche la tête, cache ma surprise.

– Oui, je l'ai achetée. Elle est belle, hein ?

Je ne sais pas si c'est la rose ou le vendeur, mais Jules semble hostile.

– Tu devrais pas dépenser tes sous inutilement, dit-il. Tous ces vendeurs des rues, ce sont des vauriens, des bonimenteurs.

Nous reprenons en silence la route qui mène vers notre pension. Deux ouvriers ont quitté le groupe pour s'attabler dans un café. Les autres, fatigués, traînent leurs galoches sur les pavés. Je lève les yeux vers le ciel noir, troué d'étoiles. La journée du 1er décembre s'achève. Il m'en reste deux. Encore deux... Plus que deux.

# CHAPITRE V

*Paris, rue de l'Échelle*
*2 décembre 1869*

Au déjeuner, que nous prenons dans la salle commune le lendemain matin, c'est l'affolement. Maxime Lebret et l'autre ouvrier – le très grand qui s'appelle Raoul – ne sont rentrés qu'à l'aube, complètement ivres. La tenancière de la pension nous toise du regard, avec un air réprobateur, comme si nous étions tous responsables. Elle dit que ça fait du tort à son établissement, que ça lui apprendra à accueillir des ouvriers, qui sont tous poivrés passé minuit. Ce discours me fait honte. Parce que deux d'entre nous ont bu, nous sommes tous des ivrognes. Dans ma famille, on ne boit pas. Maman dit que ça n'apporte que de la misère. Son père a eu la main broyée par une machine à l'usine, un jour qu'il voyait double. Cet exemple les a rendus tous sages.

N'empêche, M. Menier attend une délégation de dix ouvriers, nous devons être dix.

Marthe Brisseau prend les choses en main. Elle monte dans les chambres des deux coupables avec un pichet d'eau froide.

Depuis l'étage on entend des cris, des protestations. Mais Marthe Brisseau tient bon : elle secoue les ouvriers, les exhorte à s'habiller proprement, à se passer un coup de peigne.

– Et maintenant, dépêchez-vous, bande d'ivrognes ! On vous attend en bas dans une heure précise. Je vais vous monter un café. Si c'est pas malheureux de se mettre dans des états pareils ! maugrée-t-elle en nous rejoignant.

Le doyen de la délégation s'avance, demande s'il est bien raisonnable d'emmener les deux hommes avec nous aux Tuileries.

– Mais oui, c'est raisonnable ! répond Marthe Brisseau d'une voix ferme qui ne souffre pas de réplique. On les mettra derrière, cachés par les autres. L'empereur les verra à peine.

Avec sa stature, il sera difficile de dissimuler Raoul Buisson aux yeux de l'empereur. Mais je n'ose rien dire. D'ailleurs, moi aussi, il faut que je me prépare. Jusqu'au dernier moment, j'ai gardé ma blouse pour ne pas abîmer ma robe neuve. Bien sûr, j'aurais aimé la porter hier, quand nous marchions dans les rues de Paris. Je me serais peut-être sentie plus chic, moins misérable parmi toutes ces Parisiennes élégantes…

Mais j'aurais eu trop peur de salir mon col de dentelle, et alors quelle gêne aujourd'hui au moment d'arriver devant l'empereur! Maintenant, je peux enfin la porter sans crainte. Je l'enfile à la hâte. Il n'y a pas de miroir dans ma chambre, aussi je ne peux me voir. Mais je sais, car Suzanne me l'a dit pendant les essayages, que la robe tombe bien, que le col en dentelle enserre gracieusement mon cou, qu'il met en valeur l'ovale de mon visage et le teint que j'ai très clair. Je ferme le petit bouton de nacre dans ma nuque. J'attache mes cheveux en chignon et je noue autour le ruban de satin blanc offert par maman.

Un instant, j'hésite à glisser dans ma coiffure la rose blanche de Noël. Je la saisis puis me ravise. Je ne voudrais pas qu'Émilien prenne ça pour un signe de mon attachement à son souvenir. Puis je cire les chaussures de Suzanne. Un élan de tendresse me saisit en pensant à ma sœur qui, à l'heure qu'il est, travaille à l'usine, les pieds serrés dans mes vieilles galoches trop petites pour elle. De la tendresse et un peu de tristesse. Elle aurait tellement aimé être à ma place…

– Léo! Léo! Mais qu'est-ce qu'elle fait cette gamine? Et le patron qui doit nous attendre.

– J'arrive!

Et je descends l'escalier à toute allure pour rejoindre la délégation qui se tient dans le hall d'entrée, prête à partir.

Marthe me dévisage, fronce les sourcils.

– Qu'est-ce que c'est que cette robe?

Je m'arrête net au milieu de l'escalier. Neuf paires d'yeux me dévisagent.

– Mais enfin... c'est la robe que ma mère m'a donnée pour rencontrer l'empereur.

– Allons donc ! s'exclame Marthe Brisseau. En voilà une idée ! Monsieur Menier a demandé que l'on se présente dans notre habit de travail, celui qu'on porte à l'usine. L'empereur veut voir des ouvriers, pas des employés endimanchés !

Je reste interdite, sur la marche. J'ai peur de comprendre. Je croise le regard de Jules qui baisse les yeux. Marthe dit vrai. Tous les employés de l'usine Menier sont habillés de leur blouse grise, la même qu'ils portent chaque matin pour se rendre au travail. Un peu plus propre, peut-être, plus amidonnée aussi. Mais c'est la même blouse, désespérément grise. On dirait qu'ils partent à l'usine.

– Dépêche-toi d'enfiler ta blouse, me tance Marthe. On part !

Je suis trop stupéfaite pour répondre quoi que ce soit. Je remonte dans ma chambre, ôte à la hâte ma toilette, m'empêtre dans les manches, tire sur le col, enfile ma blouse. Les larmes me montent aux yeux. Ce n'est pas de la tristesse que j'éprouve. C'est de la colère. Je pense aux frais engagés par ma mère pour faire cette robe, au prix de la dentelle, aux soins déployés. Pour rien. Parce que je suis une ouvrière, je dois paraître comme une ouvrière, penser comme une ouvrière, agir comme une ouvrière. Cela signifie :

pas de fantaisie, pas de fierté, pas d'ambition, pas de rêve. Obéir. Être conforme à l'image qu'on attend de moi. Cette pensée me soulève d'indignation. Un vent de révolte souffle dans mon cœur. Est-ce à cause de mon secret, de la promenade d'hier, de ce Paris flamboyant qui a allumé le désir brusque d'une autre vie, d'un autre destin ? Pour la première fois, ma condition m'apparaît comme une prison. Pour la première fois, je rêve d'en sortir.

Je rejoins la délégation Menier en bas de l'escalier. Mon visage doit être défait pour susciter chez mes camarades quelques regards de compassion. Marthe s'approche de moi et me dit avec une tendresse bourrue :

– Eh, faut pas te miner pour ça, petite ! Tu la remettras, ta robe !

J'ai un sourire amer. C'est vrai, je pourrai la remettre. Le col est amovible, c'est fait exprès pour que je puisse la réutiliser le dimanche ou les jours de fête. Mais quelque chose en moi s'est brisé. La place qu'on m'a assignée, celle d'ouvrière des usines Menier, ne m'apparaît plus comme une chance, un privilège. Non pas que je rêve d'un destin plus glorieux. Simplement j'aimerais être libre. Savoir que je peux changer, que rien n'est figé. Que je peux choisir. Que ma vie, si je le veux, ne se passera pas à emballer des plaquettes de chocolat, papier jaune, fac-similé, médailles, odeurs de cacao…

Comme si elle devinait mes pensées, Marthe me souffle à l'oreille :

– Dans la vie, faut savoir rester à sa place. Si les ouvriers commencent à se rêver patrons, continue-t-elle, le monde irait à vau-l'eau. Ce serait la révolution, tu comprends ?

Je hoche la tête pour lui faire plaisir. Sans doute, je n'ai pas l'âme d'une révolutionnaire. Mais je ne comprends toujours pas pourquoi il m'est interdit de porter un col en dentelle à l'heure où je franchis les grilles des Tuileries.

Le palais est immense. Des huissiers, en habit marron et pantalon de satin noir, examinent scrupuleusement le carton qu'on leur tend. On nous fait d'abord entrer dans un vaste hall dallé de marbre où nous retrouvons M. Menier. Lui s'est mis sur son trente-et-un. Sa redingote est d'une étoffe plus brillante, son chapeau est plus haut, sa canne pommelée est incrustée de pierres précieuses.

– Le patron veut faire grande impression, murmure Jules.

Il n'est pas le seul. D'autres, qui patientent comme nous dans le hall, rivalisent d'élégance. Ils portent beau, tous, avec leur moustache soigneusement taillée en pointe et leurs cheveux enduits de brillantine. Derrière eux, leurs ouvriers se tiennent droit, en tenue de travail, la casquette à la main, les yeux baissés sur le sol ou levés vers les ornements du plafond. À leur place.

Soudain, un homme en uniforme, la poitrine couverte de médailles, entre et crie d'une voix de ténor :

– Sa Majesté l'empereur va vous recevoir. Veuillez me suivre, s'il vous plaît.

Un murmure parcourt la salle. Un frisson aussi. Nous avons tous conscience que nous vivons quelque chose de grandiose et d'unique. Quelque chose qui ne se reproduira jamais. Alors le bruissement des étoffes, le glissement des souliers s'engouffrent dans un long corridor. D'abord, les patrons ouvrent la marche. Ils doivent être fiers d'être introduits dans ce lieu de pouvoir. Intimidés, peut-être aussi, quoiqu'ils n'en laissent rien voir. Puis vient la cohorte des ouvriers, troupeau informe et sombre, tous semblables dans nos tenues de travail noires ou grises.

Par les hautes fenêtres cintrées, je regarde le jardin des Tuileries. La pièce d'eau est gelée. Les arbres tendent vers le ciel leurs branches nues, comme des bras décharnés qui appellent au secours. Un soleil lunaire dans le ciel encore ouaté de brume jette sur le parc une lumière pâle, un peu triste. Et soudain, la pensée de mon rendez-vous secret avec Émilien me revient en mémoire. Mon cœur se met à battre. À quelle heure, ce rendez-vous ? Après midi ? Dans trois heures au moins. Où déjà ? Ah oui, le bassin, le tigre... Dans mon esprit, des voix s'entremêlent, comme des échos lointains. Celle de mon père : « On s'en voudrait de te condamner à une vie d'ouvrière alors que peut-être... », celle d'Émilien : « Un quartier pour les rupins, avec des maisons larges comme ça ».

Et l'injonction de Marthe : « Il faut savoir rester à sa place ». Précisément, je ne sais plus où est la mienne.

Nous pénétrons dans un premier salon, puis dans un deuxième, et un troisième... De toute ma vie, je n'ai jamais vu autant de pièces. Et quel luxe ! Partout, des tapis épais, des tentures pourpres, des miroirs dorés, des meubles d'acajou. Ce décor m'étourdit un peu. J'essaie de mémoriser chaque détail pour pouvoir raconter ensuite chez moi la magnificence de ce palais. Décrire à Suzanne sa richesse. Mais, lorsque je serai revenue dans notre modeste logis, réussirai-je à rendre compte de cette atmosphère ouatée, de la douce chaleur qui emplit la pièce, de ce parfum d'opulence ? Tout à coup, au détour d'un salon, je croise mon reflet dans un grand miroir encadré de dorures. Je me trouve le teint très pâle, l'air un peu perdue.

Le temps passe, rythmé par une immense horloge au mécanisme compliqué. Maxime Lebret, dégrisé, essaie de sympathiser avec les ouvriers des autres délégations, des « camarades » comme il dit. Certains viennent des fabriques de poêles Godin, d'autres des usines sucrières Carette, en Picardie. Mais la solennité des lieux et du moment intimide les hommes qui n'osent guère bavarder. Enfin deux portes immenses, au fond du salon, s'ouvrent. Deux valets se rangent contre les battants et s'inclinent profondément au passage de l'empereur. C'est lui, je le reconnais ! Il ne ressemble guère à l'homme de la photo. Je retrouve sa stature, son uniforme, ses moustaches fines, son front large, sa figure forte allongée par sa barbiche. Mais je m'étonne de lui voir les jambes si courtes par rapport à sa taille, le teint cireux, la démarche hésitante. Ses yeux bleus, très petits, semblent enveloppés d'une brume, ou couverts d'une taie transparente. C'est donc vrai ce que dit Lebret, que l'empereur est malade et usé? Qu'il tient à peine debout?

Les discours commencent. Je ne les écoute que d'une oreille distraite mais des mots émergent : « fierté », « patrie », « fleuron de l'industrie », « modèle », « grandeur »... M. Menier doit les recevoir en plein cœur, ces compliments. D'ailleurs sa poitrine gonfle sous sa redingote au moment où l'empereur y accroche une médaille. Moi, je pense à ma robe au col de dentelle, à l'humiliation reçue. Papa a beau dire que cette récompense nous revient à nous tous, ouvriers des usines Menier, je ne parviens pas à me sentir concernée. Cette cérémonie n'est pas la mienne. Je suis une simple figurante, comme le vase posé sur la cheminée, le tableau accroché au mur, la statuette sur le guéridon. Alors, pour ne pas me laisser gagner par l'amertume, je pense au rendez-vous de cet après-midi, vers ce drôle de garçon qui m'a promis de m'emmener chez M. et Mme Désilles, au 21 du boulevard Saint-Germain. Chez mes parents, c'est-à-dire : chez moi.

Lorsque nous traversons les jardins, en sortant du palais où M. Menier est invité à déjeuner avec les autres patrons, j'aperçois la silhouette d'un enfant juché sur un poney.

– Regardez ! C'est le fils de l'empereur ! s'exclame une ouvrière des sucreries Carette.

Le garçon doit avoir une douzaine d'années, l'âge de mon frère Jacques. Il porte un uniforme, est coiffé d'un képi et se tient fièrement sur sa monture. Derrière lui des femmes encapuchonnées de fourrures, réchauffées de longues pelisses, le regardent avec admiration.

– C'est l'impératrice et ses dames d'honneur ! murmure Marthe.

– Qu'elle est belle !

– Qu'elle est élégante !

Maxime Lebret, goguenard, hausse les épaules :

– C'est une étrangère, une Espagnole ! Cette Eugénie Montijo est une enragée qui voudrait mener la France à son idée, gouverner à la place de son mari malade et…

Mais les ouvrières le font taire d'un geste énergique. Envoûtées par la présence de l'impératrice, elles veulent s'approcher pour la voir de plus près. Je reste en retrait. Je sais bien ce que me dirait Suzanne. Que j'ai de la chance de l'approcher, de la voir « en vrai ». Qu'elle est aimable et ne méprise pas les ouvrières qui participent à la gloire de l'Empire. Peut-être. Mais quelque chose me retient. L'incertitude de ma naissance. Ou un fond d'orgueil. Je presse le pas, laissant derrière moi mes compagnes. Suzanne a raison, je dois être fière.

Lorsque je rentre dans ma chambre, à la pension de la rue de l'Échelle, je m'empresse d'ôter ma blouse. À nouveau, j'exécute les gestes de ce matin, avec plus de hâte peut-être : j'enfile ma robe à col de dentelle, je boutonne le col d'ivoire, je noue le ruban. L'allégresse me remonte au cœur. La joie qu'on m'a refusée ce matin, je l'éprouve maintenant. Elle est moins naïve pourtant et même teintée d'un soupçon de revanche. Mais elle est tout entière mienne. Je ne la reçois pas de l'empereur, ni de M. Menier, je ne la partage pas avec les ouvriers de Godin ou des sucreries Carette. Je l'arrache au destin qui m'a placée dans la foule anonyme de la délégation ouvrière.

Lorsque je ressors pour marcher d'un pas allègre en direction du jardin des Tuileries, je ne ressens ni peur ni inquiétude, plutôt une sorte d'excitation, comme j'ai pu en éprouver quand j'étais enfant à la veille de Noël. Il est une heure après midi, les rayons du soleil chauffent le pavé parisien, allument les façades, jettent sur la ville comme une gaieté, une légèreté nouvelles.

Malgré moi, je souris aux passants. Je sens autour de mes jambes flotter l'étoffe de ma robe neuve. Je devine autour de mon cou le petit col de dentelle. Dans mon sac de velours gris, j'ai emporté le drap de batiste et la bourse pleine de pièces. Je presse le pas. Pour un peu, je danserais. Un frisson me parcourt le dos : je sens confusément que ma vie est sur le point de changer. C'est à la fois effrayant et délicieux.

Demain, à la même heure, je ne serai plus la même. Rien ne sera comme avant. Pour la première fois cette pensée me transporte, je la trouve même terriblement excitante ! Le jardin est plein de monde qui veut profiter des rayons du soleil. Des hommes flânent en fumant. Des femmes bavardent sur des bancs. Des bonnes d'enfants poussent de gros landaus dans les allées… Chacun mène sa vie. La mienne va bientôt commencer.

# CHAPITRE VI

J'attends devant la statue du tigre depuis plus d'une heure lorsque Émilien me rejoint, les mains dans les poches.

– Salut, dit-il en soulevant sa casquette. Toujours envie de faire un tour chez les rupins ?

– Toujours.

– Alors on y va ! Par ici, mademoiselle ! lance-t-il en se courbant exagérément sur mon passage.

Nous quittons le jardin, traversons une vaste place où se dresse un monument immense.

– C'est ça, l'obélisque ! explique Émilien. Un truc offert par un Grand d'Afrique au roi.

– Quel roi ?

– Je ne sais plus. Ce que je sais c'est qu'ici, avant, ça s'appelait la place de la Révolution. Rapport à la tête du roi qu'on a coupée ici même.

J'ai un mouvement de recul. Émilien doit s'en apercevoir pour me dire d'un ton goguenard :

– Eh ! T'en fais pas, on a tout nettoyé !

Il rit mais je n'arrive pas à le suivre. La violence m'a toujours fait peur.

– Et pourquoi est-ce qu'on l'appelle place de la Concorde maintenant ?

– Ça, j'en sais rien ! lance-t-il. Sans doute qu'ils craignaient que le mot de révolution donne des idées aux gens. À quelques lieues des Tuileries, c'était pas bon signe... des fois qu'il prendrait l'envie au peuple de se débarrasser des coquins qui y vivent maintenant.

Des coquins ? La famille impériale ? En voilà un qui s'entendrait bien avec Lebret ! Je repense à l'empereur malade avec son regard brumeux, à l'impératrice en fourrure, au prince sur son poney. Et je me demande pourquoi certains en veulent si fort à cette famille qui m'a semblé, au fond, très simple. Une famille ordinaire, la fortune en plus. Et le pouvoir. Comme je ne comprends rien à ces histoires de politique, j'essaie d'orienter la conversation sur mon guide. Qui est-il ? Où est-il né ?

– À Paris, me répond-il avec une assurance et une fierté non dissimulées. Oui, en plein Paris ! Mon père travaille dans une imprimerie près de l'église Saint-Eustache. Évidemment Saint-Eustache, ça te dit rien à toi qu'es de province, ajoute-t-il avec un peu de hauteur. Mais si t'étais parisienne, tu saurais que c'est dans le premier arrondissement, ouais, au cœur de Paris...

Cet accent de supériorité, ce ton un peu arrogant m'agacent. Mais je ne dis rien. J'ai trop besoin de mon guide. Et puis je devine qu'il est fier lui aussi, qu'il a besoin de rappeler ses origines parisiennes pour faire oublier son pantalon râpé, ses souliers usés, sa casquette sale...

– Et toi? Tu ne voulais pas travailler avec lui?

– Bah, y avait pas assez de travail. Et puis, je pouvais pas rester comme ça toute la journée à manipuler des caractères petits comme des pattes de mouche. Ranger les casses, attraper les caractères à la pince, serrer sur le composteur: c'est un travail de fourmi, trop méticuleux pour moi. Je préfère être dehors, battre le pavé, respirer l'air de Paris...

– Tu préfères vendre des fleurs.

– Non! Les fleurs, c'est rare. Je fais ça le soir, quand il y a du monde sur les boulevards, pour me faire un peu de blé. Mais mon turbin à moi, c'est vendeur de journaux. Je vais sur les boulevards, comme ça, et je crie les gros titres de *La Marseillaise*. C'est pour ça que je connais tout ce qu'il se passe dans le pays. La vie de l'empereur, la marche du monde et tout le reste... Et toi?

– J'emballe des tablettes de chocolat à l'usine Menier.

Il a une grimace.

– Et t'aimes ça ?

Je suis surprise par sa question. En vérité, je ne me suis jamais demandé si j'aimais ça... Pour ne pas perdre la face, je dis oui.

– C'est curieux.

– Qu'est-ce qui est curieux ?

– Je ne sais pas... Quand on te voit, comme ça, on t'imagine pas en train d'emballer du chocolat dans une usine.

– Non ?

– Non. Tu sais, à force de vendre le journal dans tous les quartiers de la ville, je sais reconnaître les gens. Toi, si tu veux mon avis, tu serais plutôt une fille de bourgeois. Qui joue du piano et qui brode.

Je pouffe.

– Je n'ai jamais vu un piano et je ne sais même pas coudre un bouton.

– En tous cas, tu as la tête de ces filles-là...

C'est drôle la fierté que j'éprouve à entendre ces mots, cette flambée soudaine de confiance !

– ... Sauf qu'elles sont plus chic, bien sûr.

Les flambées sont de courte durée. Je suis blessée mais je n'en montre rien. D'ailleurs, on arrive boulevard Saint-Germain. Tandis que nous remontons l'artère, je sens mon cœur s'emballer. Numéro 7, numéro 9, numéro 11 : les immeubles alignent leurs façades blanches, toutes lisses, en pierre de taille. Derrière les fenêtres cintrées, encadrées d'ornements compliqués, on devine des silhouettes. Ce doit être l'heure du thé dans les salons cossus. Est-ce que ma mère aussi reçoit pour le thé?

– 21, on y est! crie triomphalement Émilien devant la porte cintrée d'un bel immeuble.

Je recule un peu pour mieux voir.

– Eh là! Attention! crie un cocher qui manque me renverser.

Je bredouille des excuses.

Émilien me prend le bras et m'entraîne sur le trottoir. Nous nous asseyons sur un banc, juste en face de l'immeuble. Nous sommes deux spectateurs de la prospérité des beaux quartiers. C'est donc là. Là que vivent M. et Mme Désilles. Là qu'ils ont décidé un jour de m'abandonner, de me laisser à Noisiel. Est-ce qu'ils ont voulu se débarrasser de moi? Est-ce qu'ils ont jugé que, tout compte fait, un enfant gâcherait leurs vies, leurs plaisirs, leurs sorties? J'essaye de deviner à quel étage se situe leur appartement.

– Ces baraques-là sont toutes montées pareil! m'explique Émilien. Quand tu en as vu une, tu les as toutes vues! Au rez-de-chaussée, le concierge ou les boutiques, avec le stockage des marchandises au premier. Le deuxième, c'est l'étage noble, celui aux grands balcons filants en fer forgé! Assez haut pour avoir un peu de lumière et pas trop pour éviter aux rupins de se fatiguer à monter les étages. Ensuite, ça baisse. Tu noteras que plus on monte, moins les fenêtres sont hautes. Troisième, quatrième, même genre : classique mais sans ornement.

– Et tout en haut ?

– Le sixième ? L'étage des bonnes et des domestiques. Des niches, des trous à rats. Glacières l'hiver, étuves l'été. Sauf que ceux-là n'empruntent pas l'escalier des maîtres, mais une entrée de service, située à côté.

Il me montre du doigt une petite porte, comme une chatière près de l'immense porte à deux battants de l'entrée principale. Nous demeurons un instant silencieux, les yeux fixés sur la façade de cet immeuble. Moi, rêveuse, impressionnée par la splendeur de l'édifice, par ces vies que je devine faciles… Lui, goguenard, moqueur.

– Hein, ça doit être rudement chic de vivre là-dedans ! Et maintenant, qu'est-ce que tu vas faire ?

C'est vrai, ça : qu'est-ce que je vais bien pouvoir faire ? Comment rejoindre cette famille que je ne connais pas, bien que nous soyons du même sang ? Un mur nous sépare, un mur en pierre de taille, d'un mètre d'épaisseur, de six étages. Un mur infranchissable… Je devine que, pour entrer dans la vie des Désilles, je dois emprunter la petite porte. Mais jusqu'à quel étage ? Où donc vivent-ils ?

– Je recherche une famille. La famille Désilles…

– C'est pour une place, c'est ça ?

– Une place ?

– Tu cherches une place de bonne, hein ?

– Oh non… je…

– Je ne ferais pas ça à ta place. Bien sûr, exploité pour exploité, ici ou à l'usine c'est la même chanson, hein ? Mais quitte à avoir un patron, mieux vaut le voir le moins possible. Au moins, quand on travaille à l'usine, on n'est pas obligé de vivre sous le même toit. Tandis que les domestiques… C'est difficile d'avoir de l'estime pour des maîtres quand on voit de près comment ils vivent.

– Mais je ne comptais pas vivre…

– Enfin, tu fais ce que tu veux, hein ? Moi, ce que j'en dis…

– Ce n'est pas cela. Je dois remettre ceci à madame Désilles.

Et je sors de mon sac le drap de batiste blanc aux chiffres de la famille. Émilien émet un sifflement d'admiration.

– En voilà du beau linge ! Comment t'as récupéré une pièce pareille ?

J'hésite à tout dire. D'un côté, je connais ce garçon depuis la veille. Je ne sais rien de lui et je ne le reverrai sans doute jamais. Mais quelque chose dans son attitude, dans son regard, m'invite à lui faire confiance. Dans ce Paris immense où je me sens si seule, il est la seule personne à qui je peux parler. Il pourra me guider, me conseiller. Je ne peux négliger son soutien. Et puis, il y a autre chose. Peut-être le désir de me hisser un peu dans son estime en lui révélant le secret de ma naissance. Peut-être la volonté de montrer que non, je ne suis pas qu'une pauvre ouvrière de province.

– Ma mère était nourrice. Monsieur et madame Désilles lui ont confié son enfant, une fille. C'était il y a dix-huit ans. Le bébé était emmailloté dans ce linge. Ils ne sont jamais venus la rechercher...

Je m'étonne moi-même que mon récit soit si court. Que le secret de ma naissance tienne en si peu de mots, trois phrases à peine.

– Et qu'est-ce que tu es venue leur rendre ? Le linge, ou l'enfant ?

– Les deux.

Il me regarde avec insistance. Je devine le cheminement de sa pensée : c'était donc ça, ce prénom d'aristo... Il ne semble pas surpris. Je suis un peu déçue.

– Tu ne trouves pas ça incroyable ?

– Bah ! dit-il en haussant les épaules. Des histoires d'enfants perdus, d'enfants trouvés, il y en a plein les faubourgs de Paris.

Mais il ajoute dans un sourire :

– Alors je ne m'étais pas trompé ! Tu es bien une fille de la haute.

– Ça ne change rien, puisque je vis comme les autres.

Mais lui a l'air de poursuivre une idée. Il plisse les yeux, semble réfléchir.

– En quelle année tes parents t'ont-ils abandonnée, dis-tu ?

– En 1851. Décembre 1851... J'avais quatre mois.

– Pas possible ! souffle-t-il. C'est l'année où ce tyran de Napoléon a fait son coup d'État !

– Un coup d'État ? Je croyais que l'empereur avait été élu...

– Au début oui ! Mais après, quand son mandat s'est achevé, ce gredin n'a rien voulu savoir. Ces Bonaparte, ils ont le goût du pouvoir dans le sang. Ils tueraient père et mère pour être à la tête de la France. Quand son mandat a été terminé, la crapule a décidé de prendre le pouvoir par la force. Il a dissous l'Assemblée, décrété l'état d'urgence et proclamé le second Empire. Pour ceux qui n'étaient pas d'accord, il a envoyé l'armée. Les gendarmes fusillaient les rebelles. C'était le 2 décembre 1851.

– Comment sais-tu tout cela ? Tu n'étais qu'un gamin.

– C'est mon père. Il a tout vu, il m'a tout raconté. Il était dans l'imprimerie quand les gendarmes sont entrés avec leurs fusils pour obliger les ouvriers à imprimer les décrets, des affiches que le tyran voulait placarder dans l'tout Paris. Ma mère qui était ouvrière à l'imprimerie a refusé de composer la déclaration qu'on lui dictait. Elle en est morte. Mais je la vengerai, je l'ai juré.

– Comment ?

– Je ne peux rien dire. Mais le vent tourne, l'histoire avance. Et l'empereur est malade. Très affaibli. Bientôt, la France en sera débarrassée, tu verras. La liberté fera son retour en France, comme en 1789, par la grande porte !

Je ne réponds rien. Sa détermination, sa violence m'impressionnent, elles m'effraient un peu. Je repense à l'entrevue avec l'empereur. Sa voix douce. Son regard absent. Pour un tyran, je l'ai trouvé faible. Je revois aussi la silhouette de son fils sur son poney. Qu'est-ce qu'il deviendra, l'héritier, si son père n'est plus empereur ?

– De quel parti es-tu ? me demande Émilien à brûle-pourpoint.

– Hein ? Je ne sais pas... Et toi ?

– Le seul qui vaille, le parti républicain. J'appartiens à une organisation secrète pour le retour de la liberté. Pendant des années, on a élaboré des plans, préparé un attentat. Des camarades ont été arrêtés, déportés, assassinés. On a espéré que le peuple se soulève pour renverser le régime. Et puis finalement, c'est devenu inutile. Il n'est plus besoin d'organiser la disparition du tyran. La maladie qui le ronge en viendra à bout assez vite. Il n'y a plus qu'à attendre. 1870, ce sera une belle année, ajoute-t-il en plantant son regard clair dans mes yeux. Tiens, regarde !

Il ouvre sa besace, me tend un journal. Je déchiffre le titre : *La Marseillaise.*

– Lis donc celui-ci, dit Émilien en désignant un article signé Henri Rochefort. C'est le patron. Il est très fort.

Les caractères sont minuscules, ma lecture est laborieuse. Même si je sais déchiffrer, je n'ai pas l'habitude de lire les journaux.

Je ne comprends pas tout l'article, mais je devine le ton. Rochefort critique la personne de Napoléon III, parle de despote vaincu, de son autorité chancelante, de sa couronne qui glisse sur son front dépouillé. Il finit par ces mots : « Il reniera son passé, son présent, son fils et sa femme pour pouvoir encore être appelé 'Votre Majesté' par son concierge ».

Je rends le journal à Émilien. Toute cette haine, cette violence, me mettent mal à l'aise. Je ne comprends pas comment un même homme, un seul homme, peut susciter des sentiments si contradictoires.

Émilien range le journal dans sa besace et se relève.

– Je dois y aller, ma tournée n'est pas finie !

– Tu ne vends rien ici ?

– Ici ? Aucune chance ! Les bourgeois n'achètent pas *La Marseillaise*, trop peur de déplaire à l'empereur ! Les domestiques, oui, ils peuvent y jeter un coup d'œil. Mais pas ici, pas sur ce boulevard. Rapport aux patrons qui risqueraient de les surprendre et de les renvoyer pour leurs mauvaises lectures.

Il me décoche un clin d'œil, me tend la main.

– Bonne chance ! lance-t-il.

Je ne sais pourquoi mais son départ soudain me rend triste. Un instant, j'ai espéré qu'il m'aiderait à pénétrer dans l'immeuble, à trouver l'étage de la famille Désilles, à forcer la porte de son appartement, à faire la lumière sur mon passé. Je comprends que cette histoire est la mienne, que personne ne peut rien pour moi. Je suis seule avec mon secret.

Je m'efforce de sourire et je serre sa main. Même je m'y agrippe, avec une sorte d'énergie désespérée. Je voudrais qu'il ne me la retire pas, sa main. Ni son amitié, ni son soutien.

Je balbutie :

– Merci de m'avoir accompagnée...

Déjà il se dégage et s'éloigne sur le boulevard.

– À bientôt ! crie-t-il en se retournant une dernière fois.

Je fais un signe de la main. Puis mon bras retombe et je reste là, immobile, devant la façade de cet immeuble qui me toise du haut de ses six étages.

Il ne reste plus qu'un jour.

# CHAPITRE VII

*Paris, rue de l'Échelle*
*3 décembre 1869*

Le lendemain, je me réveille avec cette certitude : il faut que je retourne sur le boulevard Saint-Germain. Toute la nuit, j'ai rêvé de cette adresse. La façade de l'immeuble m'attire comme un aimant. Je préviens Marthe que je les rejoindrai à la gare. D'ailleurs j'ai le temps : le train part à midi. Elle me regarde d'un air suspicieux.

– Tu t'en irais pas folâtrer avec un garçon, à c't'heure ?

– Mais non, je veux simplement me promener dans Paris.

– Te promener dans Paris ? Toute seule ?

– Oui, toute seule.

Marthe fronce les sourcils. Elle a beau être ouvrière, elle sait ce qui est convenable et ce qui ne l'est pas.

Une jeune fille toute seule dans Paris, ça ne se fait pas. Elle secoue la tête et s'éloigne en maugréant :

– Mais qu'est-ce qu'ils ont tous aujourd'hui ? Ce Paris leur a tourné la tête ma parole !

Je m'élance loin de la pension, loin de la rue de l'Échelle, avec ma valise en cuir bouilli à la main. Une pluie fine tombe sur Paris. J'avance d'un pas pressé. J'ai mon plan. Je vais entrer par la porte de service. Puis je sonnerai à chaque étage en demandant à voir Mme Désilles. J'expliquerai que j'ai quelque chose à lui rendre et je montrerai le drap monogrammé. La suite, je l'ignore. Ce qu'il se passera, comment elle réagira, ce qu'elle dira en voyant l'étoffe, je ne parviens pas à l'imaginer. Je verrai bien sur place. J'improviserai. Une chose est sûre, il faudra que je parte à onze heures au plus tard pour être rendue gare de l'Est à midi.

Je refais seule le chemin emprunté hier avec Émilien. Je ne peux m'empêcher d'espérer qu'il va surgir d'une porte cochère ou de derrière une de ces grosses colonnes vertes, son journal tendu à bout de bras. Mais il n'est pas là. Il y a d'autres vendeurs de journaux, des gamins plus jeunes, douze ans peut-être, qui crient sur les boulevards. Mais pas lui. J'ai beau savoir que les beaux quartiers ne sont pas son secteur de prédilection, j'en éprouve une déception. Je me sentirais moins seule s'il était là. J'aurais plus de courage aussi. Sa détermination, quand il me parlait hier de révolution, je l'ai trouvée communicative.

Enfin j'arrive devant le numéro 21. La façade, toujours lisse, toujours blanche, se dresse derrière un rideau de pluie. Je m'engouffre par la petite porte de service ouverte. L'escalier est étroit et obscur. Je retire la capuche de ma pèlerine, essuie la pluie sur mon visage. Les chaussures de Suzanne ont pris l'eau et mes bas sont trempés. À l'aveugle, j'arrange ma coiffure, lisse ma robe du plat de la main. Il n'y a pas de miroir dans la cage d'escalier, pas de ces larges glaces qui permettent aux maîtres de se contempler avant de faire une visite. Pas besoin d'être belle pour servir.

J'ouvre la valise et sors le drap de batiste : c'est ma carte de visite, mon passeport, ce qui doit me faire ouvrir les portes de ce monde étranger. Je monte les marches lentement. J'essaie de réguler ma respiration, de calmer l'emballement de mon cœur. Il bat si fort, avec ma poitrine en caisse de résonance, que ce bruit semble emplir l'escalier. Sur le premier palier, je tends l'oreille, j'essaie de percevoir des bruits, des voix. Je n'entends rien. Sur le deuxième, même manœuvre. Rien. Si ! Le tintement d'une clochette. On appelle la bonne. Je perçois un froissement d'étoffe, de l'eau qui bout, la porcelaine qui tinte. Rien d'étonnant : toutes les entrées de service donnent sur la cuisine. C'est le domaine des domestiques, la seule pièce de l'appartement où les maîtres n'entrent pas, il paraît. J'hésite à frapper. Je répète à voix basse la phrase que j'ai préparée : « Bonjour mademoiselle, je cherche

madame Désilles, j'ai quelque chose à lui donner,
Bonjour mademoiselle, je cherche madame Désilles,
bonjour mademoiselle...» La porte qui s'ouvre brusquement me surprend au milieu de cet exercice. Un
visage se glisse dans l'interstice de la porte. C'est une
très jeune fille, seize ans tout au plus, en robe noire
et bonnet blanc.

– Bonjour, que voulez-vous ?

– Bonjour mademoiselle, je cherche madame...

– C'est pour la place ? souffle la domestique. Mais
enfin madame t'attend depuis une heure, dépêche-toi !

Elle ouvre la porte puis la ferme brusquement après
m'avoir poussée à l'intérieur.

– On dira que la pluie t'a retardée. Tu as de la
chance, madame n'est pas méchante. Attends-moi là,
je vais la prévenir. Et enlève ta pèlerine, elle goutte.

J'obéis. Puis je reste immobile, ma valise à la main,
interdite au milieu des casseroles et des piles d'assiettes où gisent les restes d'un dîner, des carcasses,
des os... Il faut que je me ressaisisse, que j'explique
à cette fille qu'il y a méprise, que je ne viens pas
pour une place. Ou que je déguerpisse avant qu'elle
revienne. Pourtant une force invisible me cloue au
sol, m'empêche de fuir. J'ai tellement espéré pénétrer
dans cet appartement que je ne peux plus en partir.
Quelque chose me retient. La tentation est trop forte
d'y entrer tout à fait, d'être emmenée au-devant de
cette Mme Désilles, au-devant de ma mère... Que
vais-je lui dire ? Dois-je lui montrer le drap tout de

suite ? Dois-je expliquer qui je suis ? « Madame n'est pas méchante », a dit la bonne. Je me raccroche à cette phrase. « Madame n'est pas méchante » : bonne nouvelle. Mais si elle n'est pas méchante, alors pourquoi m'avoir abandonnée ?

– Madame va te recevoir, suis-moi. Elle est dans le petit salon. Au fait, je m'appelle Margot, et toi ?

– Léonore.

La servante me dévisage, incrédule.

– Léonore ? En vrai ?

– Oui, Léonore en vrai. Pourquoi ?

Elle hausse les épaules.

– Je ne sais pas. Léonore, ce n'est pas un prénom de chez nous, je veux dire pas un prénom pour être domestique.

– Peut-être mais c'est celui qu'on m'a donné. Je ne vais pas en changer pour entrer au service de madame peut-être.

Pas un prénom d'ouvrière, pas un prénom de domestique. Je me demande de quoi ou plutôt de qui Léonore est le prénom. Margot me conduit à travers un large corridor. Je retiens mon souffle. C'est la première fois que je pénètre dans un appartement bourgeois parisien. J'ai connu les logements ouvriers de chez nous, puis les appartements de l'empereur : rien entre les deux. Ici aussi, tout est beau, luxueux : les tentures, les meubles, les tapis. Pourtant, je n'en suis pas émerveillée. J'ai déjà vu les Tuileries.

Et cet appartement me fait l'impression d'une réplique miniature du palais, comme si on avait voulu singer la demeure majestueuse de l'empereur sans y parvenir. Tandis que je traverse le corridor derrière la servante, une petite voix me glisse : « Tu es chez toi ». Je me tiens sur le seuil du salon, la servante m'annonce, je fais un pas en avant, garde les yeux fixés sur le sol. C'est vrai : je suis chez moi. Mais personne ne le sait.

– Eh bien, je vous ai attendue, dit une voix.

Je lève les yeux. Mon regard rencontre celui, très bleu, d'une dame âgée, soixante ans peut-être, le visage ridé, anguleux, adouci par un bon sourire.

– C'est la première fois que je demande à cette agence de m'envoyer du personnel, dit-elle. Il devient si difficile de trouver de bons domestiques. Efficaces, polis, durs au labeur. J'espère que c'est votre cas.

– Oui, madame.

– Comment vous appelez-vous ?

– Léonore, madame.

– Léonore ?

Elle sourit. Je devine ce qu'elle pense : ce n'est pas un prénom de domestique.

– Léonore, je ne vais pas y aller par quatre chemins.

– Oui, madame.

Les mots s'échappent de ma bouche sans que j'y réfléchisse. « Oui, madame ; non, madame », je ne sais plus rien dire d'autre. Je ne suis que soumission, obéissance. Cette femme a beau être ma mère, je me conduis devant elle comme une employée, non comme sa fille. Sa fille? Un doute me tenaille. Comment ma mère peut-elle être si âgée? À moins que ce ne soit pas elle? À moins que je me sois trompée d'appartement? Tandis que madame énumère les tâches qui seront les miennes et me fait les recommandations d'usage, je comprends la double méprise: cette femme n'est pas Mme Désilles, et je ne suis pas la bonne qu'elle attendait. Nous faisons toutes les deux erreur. Mais comment lui avouer la vérité? Déjà elle me donne congé, nous renvoie d'un geste vague de la main:

– Margot, vous donnerez à Léonore sa tenue. Et vous lui attribuerez une chambre.

– Oui madame.

Lorsque nous nous retrouvons seules dans la cuisine, Margot me dit:

– Tu vois, elle n'est pas méchante, je t'avais prévenue.

– Est-ce madame Désilles?

– Désilles? Mais qu'est-ce que tu me chantes là? Ici tu travailles pour monsieur et madame de la Roche. Désilles c'est au-dessus, le troisième. Un couple de bourgeois, lui est député, c'est un proche de l'empereur, précise-t-elle avec une nuance de respect dans la voix. Madame ne l'aime guère mais à cause de sa position, elle l'invite souvent à souper.

Je comprends ma méprise. J'ai frappé un étage trop bas. Ma famille est au-dessus. Un instant je cède à la panique. Comment faire marche arrière? Très vite pourtant, je devine tous les avantages que je peux tirer de cette position. Si je travaille ici, je pourrai à loisir garder un œil sur la famille du troisième. Les approcher sans être repérée. « Ils viennent souvent souper », a dit Margot. Voilà l'idée !

Soudain, les cloches d'une église sonnent douze coups. Je sursaute. Midi ? Il est vraiment midi ? Je pense à la gare, à mon train qui part, à Jules qui me cherche, à Marthe qui maudit mon retard. Je les imagine sur le quai, fiévreux, énervés, la main en visière : « Mais où est-elle ? Où est-elle donc ? » Je voudrais leur dire qu'il ne faut pas m'attendre. Que je ne peux pas rentrer à Noisiel maintenant, avec ce vide au fond de moi, et toutes ces questions sans réponse. Que je ne pourrai jamais retourner à l'usine, reprendre le travail, bavarder avec Louise, rire avec Suzanne, faire comme avant. Il faut que je sache. Après, quand j'aurai vu mes parents, quand j'aurai compris pourquoi ils n'ont pas voulu de moi, alors je pourrai rentrer.

Je ne tiens pas à rester vivre près des Désilles d'ailleurs. Il m'en coûterait trop de les voir se pavaner dans leur vie confortable, sans un scrupule, sans un regret, sans une pensée pour la fille qu'ils ont abandonnée. J'écrirai à mes parents. Je ferai une lettre où je dirai tout, la méprise, ma place de bonne, la famille du dessus. Papa la lira à maman. Ou bien Suzanne en fera la lecture. Je sais qu'ils me comprendront. N'est-ce pas eux, d'ailleurs, qui m'ont encouragée à trouver ma voie ?

– Midi! s'exclame Margot. Je dois me mettre en cuisine si je veux que le dîner soit prêt à l'heure. Allez, aide-moi! Il y a un lapin à préparer, et des poires pochées à faire, monsieur en est friand. Tiens, enfile ce tablier en attendant que je te donne une tenue.

Elle me lance un tablier et tandis que je le noue autour de ma taille, elle m'observe à la dérobée.

– Elle est drôlement chic ta robe, avec son col en dentelle.

C'est la première qui le remarque. Ce compliment me fait si plaisir que je voudrais tout lui dire. Mais je me contente de la remercier et de lui sourire. Je crois que l'on peut s'entendre… Et au seuil de cette nouvelle vie, cette amitié me rassure, je me sens moins seule d'un seul coup.

Au soir de cette première journée, à onze heures, je découvre la petite chambre qui nous est attribuée sous les toits. Une mansarde exiguë que je partagerai avec Margot. Émilien avait raison de dire que ces pièces sont des glacières en hiver. Nous sommes en décembre et il fait à peine plus chaud que dans la rue. Je jette sur ma paillasse mon corps courbaturé par l'effort – porter des plateaux, monter des seaux d'eau, cirer les parquets, secouer les tapis : le rythme n'est pas moins fatigant que celui de l'usine. Il me reste juste assez de forces pour donner des nouvelles à mes parents. Sur une feuille blanche, j'écris :

*Cher papa, chère maman,*

*Vous serez surpris de ne pas me voir rentrer
à Noisiel. Pardonnez-moi. C'est que je reste
à Paris encore un peu, pour retrouver ma
famille, comme vous m'avez dit de le faire.
J'ai été embauchée comme domestique chez
une dame qui vit à l'étage inférieur à celui
des Désilles. Comme ça, je pourrai les voir et
peut-être me faire connaître d'eux. Ensuite
je rentrerai.*

*Paris est une ville très grande avec des bou-
levards et des lumières, qui restent toujours
allumées, même la nuit. Pour le reste, c'est
comme partout ailleurs: ceux qui ont de
l'argent s'amusent et les autres travaillent.*

*Vous me manquez.*

*Je vous embrasse,*

*Votre Léo*

Puis je plie la feuille dans une enveloppe que je
glisse sous mon oreiller. Demain, j'irai la poster.
Pourvu que mon service m'en laisse le temps.

# CHAPITRE VIII

*Paris, boulevard Saint-Germain*
*10 janvier 1870*

Je ne me suis pas trompée au sujet de Margot. Après un mois passé au service de madame, elle est devenue une amie. Il faut dire que nous partageons beaucoup. La même chambre glaciale sous les toits. La même cruche d'eau froide pour se débarbouiller le matin. La même cuisine, si étroite, si exiguë qu'on se cogne constamment en préparant les repas, en ramenant les assiettes, en lavant les verres, quand les maîtres attrapent froid dans des salons si vastes qu'on peine à les chauffer.

Nous avons le même statut, le même uniforme, les mêmes horaires, le même salaire – 1,50 franc par jour, c'est un franc de moins qu'à l'usine. Pas les mêmes rêves, en revanche. Margot voudrait se marier et ouvrir une boutique de blanchisserie. Elle repasse comme personne, surtout les broderies. Elle aimerait aussi rentrer chez elle, à Arras, pour voir ses parents, ses frères et sœurs. Mais elle n'a pas assez d'économies et puis quand pourrait-elle quitter le service ? Madame a toujours besoin de nous. J'ai appris à répondre aux coups de sonnette, à servir avec soin, à satisfaire les moindres demandes de madame, même : à les devancer. Cela ne me coûte pas tellement. « Madame est bonne avec nous », dit Margot qui a connu des maîtresses exigeantes, tyranniques, injustes. Je ne sais pas si « madame est bonne ». Nous faisons notre travail, elle nous remercie, elle nous rémunère. Ça me semble juste, équitable.

En tous cas, je ne partage pas l'opinion d'Émilien sur les bourgeois des beaux quartiers. Tous ne vivent pas dans l'opulence, tous n'ont pas le cœur sec, tous ne sont pas égoïstes et corrompus. Madame se donne sans compter pour les bonnes œuvres, visite les hospices, rend visite aux pauvres, tente de soulager leur misère. Son mari et elle mènent une vie sobre, sans sorties ou mondanités excessives. Un opéra de temps en temps, un thé chez une amie. Mais rien de cette course effrénée à l'argent, aux plaisirs, aux divertissements. Dans l'appartement, il règne une douce quiétude. Monsieur parle avec mesure, avec bienveillance. Madame est d'une humeur toujours égale. Ce n'est pas joyeux, mais c'est calme. J'ai du mal à croire Émilien quand il dit que cette année 1870 sera celle de tous les bouleversements. Que tout va changer. Qu'on va au-devant d'une révolution, de temps meilleurs. J'en ai parlé à Margot. Elle non plus, elle n'y croit pas. D'ailleurs nous n'avons pas le temps d'y penser, à la révolution. On a trop de travail pour ça.

Je n'ai jamais revu Émilien. Je ne l'ai jamais entendu non plus. Parfois je guette sa voix, parmi les bruits de la rue. J'attends que son cri couvre le bruit des pas des chevaux, qu'il s'élève jusqu'au deuxième étage de notre immeuble : « *La Marseillaise*, demandez *La Marseillaise* ! » Mais non. Il y a bien des vendeurs de journaux qui passent sous nos fenêtres. Mais ils vendent *Le Gaulois*, *Le Siècle*, *Le Messager de Paris*. Pas *La Marseillaise*. Bien sûr, Émilien m'a prévenue. Il ne vend pas dans ce coin-là. Trop bourgeois, trop conservateur. N'empêche, je ne peux m'empêcher d'espérer. J'éprouve un pincement au cœur en songeant que je ne le reverrai peut-être jamais. Et surtout, en pensant que ça lui est égal.

Margot dit que les vendeurs de journaux sont des beaux parleurs, des bonimenteurs. Qu'ils séduisent les jeunes filles qu'ils croisent dans la rue pour s'amuser. C'est comme un défi entre eux, un pari. J'essaie de défendre mon guide : « Pas tous, peut-être… » Margot est sans nuance : si, tous. Elle, ce qu'elle cherche c'est un bon ouvrier, honnête et travailleur. Qui ne boit pas, qui ne dépense pas sa paie au café. Elle dit que c'est déjà beaucoup et qu'il ne faut pas chercher plus. Elle a raison sans doute. Maman disait pareil à Noisiel.

Pourtant, quand je pense au couple que forment mes parents, à la tendresse mutuelle quoique silencieuse qui les unit, à ce respect, cette estime réciproque que je devine, je me dis que je voudrais la même chose. Est-ce trop demander au mariage ?

Aujourd'hui, madame reçoit. La nouvelle est tombée aux aurores : un souper avec les voisins du dessus. Enfin ! Je pense à cette rencontre depuis si longtemps que j'ai du mal à réaliser que c'est pour ce soir. Je vais voir mes parents pour la première fois, je vais enfin les voir ! Tous les jours, je guette M. et Mme Désilles. Leurs pas sur le parquet au-dessus de nos têtes, leurs silhouettes s'engouffrant dans un fiacre, au pied de l'immeuble. Je n'ai pourtant rien saisi d'autre que des ombres fugitives, des informations tronquées.

Madame dit parfois en regardant par la fenêtre : « Tiens, Désilles va faire sa cour ». Une autre fois : « C'est chic, ce chapeau qu'elle porte. Du reste, ce n'est pas surprenant : Armance Désilles a toujours su s'habiller ».

Armance ! C'est donc le prénom de ma mère ? Je reçois chacune de ces informations en plein cœur, mais en silence.

Pour en apprendre plus, j'interroge Margot. Mais elle ne sait pas grand-chose. Monsieur est député. Madame est élégante, elle sort beaucoup. Il y a une fille, Hortense, qui doit avoir notre âge, seize ans, dix-sept tout au plus. Timide, à ce qu'il paraît.

Elle vient de faire son entrée dans le monde après avoir été pensionnaire dans un couvent en Normandie. Je pense avec amertume « Décidément, c'est une manie dans cette famille de se débarrasser des enfants ». Mais pourquoi est-on allé la rechercher, elle, tandis qu'on m'a abandonnée ? Il y a un garçon aussi, Louis, comme le fils de Napoléon. Il a une dizaine d'années. Il grandit boulevard Saint-Germain, lui. C'est un garçon, l'héritier.

Hortense et Louis. Louis et Hortense. Mon frère, ma sœur. J'essaie d'y adjoindre mon propre prénom. Léonore, Hortense et Louis. Oui, nos prénoms vont bien ensemble. Mais le reste ?

Toute l'après-midi, je m'affaire en cuisine avec Margot. Mme de la Roche a exceptionnellement engagé une cuisinière à son service pour le souper. C'est une grosse femme revêche qui nous parle mal et se plaint que nous bavardons trop. À subir ses récriminations, nous mesurons quelle chance nous avons de travailler sans elle au quotidien. Madame ne veut pas de cuisinière. Elle dit qu'elle n'a pas d'appétit et que la cuisine de Margot est très bien, suffisante pour un couple seul. Elle n'engage que pour les dîners, à la journée.

La cuisinière s'en donne à cœur joie. Je n'ai jamais vu autant de mets sur une table : du potage, des huîtres, une blanquette de veau, des pois au lard et une oie rôtie, énorme et toute fumante. Les desserts sont entreposés dans le cellier : des fraises au vin, du fromage blanc et un gâteau de Savoie en forme de temple. Margot dit que nous pourrons goûter les restes, quand le souper sera fini. Dès que la cuisinière sera partie en tous cas, car celle-ci ne cuisine pas pour que ses mets se retrouvent dans l'estomac des bonnes, elle nous l'a clairement fait savoir.

Je ne parviens pas vraiment à m'intéresser au menu. Je suis obnubilée par mes retrouvailles avec mes parents.

Je suis bien décidée à me faire connaître, du moins à me faire remarquer. À distiller le doute. Je ne peux pourtant rien dire. Le service des domestiques se fait en silence, nous n'avons le droit de parler que si madame nous interroge. Mais j'ai mon drap de batiste. Et si je le laissais tomber de ma poche ?

Non, on m'accuserait de l'avoir volé. Je pourrais le déposer quelque part, dans le salon. Je verrai bien leur réaction. Est-ce qu'elle sera troublée en le voyant, cette mère sans cœur ? Peut-être même pas. Est-ce qu'elle se souviendra qu'un jour, elle en a enveloppé sa fille pour ensuite l'abandonner ? Je repense à la remarque de Mme de la Roche : « Armance Désilles a toujours su s'habiller avec élégance ». Cette remarque me fait bouillir de colère. C'est bien, l'élégance ! C'est utile aussi, quand on vit boulevard Saint-Germain. Mais c'est plus facile de choisir son chapeau que de s'occuper de son enfant.

Chaque fois que j'y pense – c'est-à-dire presque tout le temps – je me sens submergée de rage, d'amertume.

De jalousie aussi quand je pense à cette sœur qui jouit d'une existence facile, d'une vie confortable – celle que je ne connaîtrai jamais. Je ne suis plus très sûre de vouloir me faire connaître de cette mère. J'ai tant de colère que je crains de ne savoir me contenir.

La veille, j'ai rêvé que je renversais le saucier sur la robe d'Hortense Désilles. Elle se brûlait, elle criait et moi, je restais de marbre. Bien fait.

Je ne sais si Margot devine ce qui me traverse. Elle me trouve distraite, maladroite pendant cette journée de préparatifs, d'effervescence. Ses recommandations sont claires : surtout ne pas prêter l'oreille, ne pas écouter les conversations. D'une part, les maîtres s'en rendent compte tout de suite. Ensuite c'est toujours là qu'on commet des étourderies, qu'on fait des bêtises. Rester de marbre, être indifférente à ce qui se dit, concentrée sur le service. J'approuve mais je continue à bâtir mon plan.

À six heures, tandis que l'on attend M. et Mme Désilles, je dépose délicatement sur un guéridon de l'entrée le drap de batiste. Je tremble un peu. Si madame me voyait, que dirait-elle ? Je lisse l'étoffe du plat de la main. Je mets en évidence le monogramme LD. Est-ce que ces initiales leur diront seulement quelque chose ? Est-il possible qu'une mère, qu'un père, oublient le prénom qu'ils ont donné à leur fille au jour de sa naissance ? LD. Ce monogramme, je voudrais qu'il leur saute aux yeux, qu'il les éclabousse. Je voudrais que leur culpabilité jaillisse d'un coup, et aussi, leurs remords. J'aimerais que Mme Désilles se trouve mal, qu'elle s'évanouisse. Ce n'est pas par esprit de revanche. Plutôt pour vérifier qu'elle a un cœur ou tout du moins une conscience. Le contraire me ferait trop de mal.

Je m'éclipse de l'entrée et reviens dans la cuisine, le cœur battant. On dirait que j'ai accompli un vol ou un crime.

– Eh bien ? me demande Margot. Tu es toute pâle ! T'inquiète pas, va ! Ces dîners, on s'en fait une montagne. Et puis finalement, ça passe très vite, on est si occupée... Surtout, ne dévisage pas les invités, ne les regarde pas, ne les écoute pas. Sois invisible.

Je me contente de hocher la tête. Je suis si invisible que mes parents en ont oublié mon existence. Pourquoi me remarqueraient-ils maintenant ?

# CHAPITRE IX

La sonnette retentit tandis que nous arrangeons la table.

– J'y vais, dit Margot, j'ai l'habitude.

Je reste dans la salle à manger, le geste suspendu, le souffle court. J'entends des voix, des bruissements d'étoffe, ils doivent ôter leurs pardessus. Est-ce qu'ils ont vu le drap de batiste ? Est-ce qu'ils ont deviné… ? Je guette une réaction, un cri, une exclamation. Rien. Juste des bruits de pas sur le parquet. Ils doivent entrer dans le salon à présent où M. et Mme de la Roche les reçoivent. Il y a des embrassades, des félicitations, beaucoup de joie dans les paroles. J'entends des bribes de conversation.

– Comme elle a changé depuis trois ans ! Je ne l'aurais pas reconnue !

– Quelle grâce ! Quelle fraîcheur !

– Et cette élégance, ce maintien ! Mais c'est tout à fait vous, Armance !

– Comme vous vous ressemblez, c'est fou ! On dirait deux sœurs !

– N'est-ce pas ? C'est ce que je me tue à dire à Armance !

Margot entre dans la pièce et me souffle :

– La fille est là, elle est superbe !

Superbe ma sœur ? Cela ne me surprend pas. On peut être superbe quand on grandit boulevard Saint-Germain, sans fatigue, sans servitude.

J'en éprouve un pincement au cœur, comme un soupçon de jalousie. C'est sûr, je ne risque pas d'être superbe, ni de ressembler à ma mère dans ma tenue de domestique.

– Allez, à toi ! m'encourage Margot en me mettant entre les mains un plateau de verres. Ils sont dans le grand salon.

Et elle m'adresse un clin d'œil. Je porte le plateau en essayant de ne pas trembler. Mais les verres s'entrechoquent.

– Attention ! c'est du cristal de Bohême, prévient Margot.

J'avance, très droite, vers le grand salon. Je fixe le plateau pour ne rien renverser et me promets de ne lever les yeux sur les invités qu'une fois débarrassée de mon chargement. La conversation est animée. Les yeux baissés, je distingue des étoffes, des chaussures.

Je pose le plateau sur la table, distribue les verres. Monsieur tient à servir le porto lui-même, c'est une tâche qui revient au maître de maison. Alors je m'incline puis, lentement, je relève la tête. Mon regard s'arrête sur le visage d'une femme très belle, au visage régulier encadré par des cheveux châtains coiffés en bandeaux. Ses yeux noisette sont vifs et son sourire éclatant. À ses côtés, sa fille semble sa copie en plus jeune. Elle a cependant un air de timidité qui me plaît davantage. Elle garde les yeux baissés sur ses mains. Elle semble embarrassée d'elle-même, pas fière pour deux sous. C'est donc elle, ma sœur ? Je m'approche des hommes qui bavardent devant la cheminée, je leur apporte un cendrier pour recueillir la cendre de leurs cigares. M. Désilles est plus grand que monsieur, il porte beau avec sa moustache fine et sa haute stature. Mais son air un peu hautain, son assurance, ne me plaisent pas.

– Comment mon cher, vous ne savez rien ? Mais ce sera demain dans tous les journaux. Un scandale ! Et ces crapules de *La Marseillaise* ne manqueront pas de tourner la chose à leur avantage, d'exciter encore un peu le peuple contre l'empereur. Ils ont leur martyr !

– Mais ce Bonaparte...

– Un cousin de l'empereur, une tête brûlée, déjà condamné à mort, exilé en Amérique. L'empereur le déteste, si bien qu'il lui avait demandé de quitter Paris et de ne plus porter son deuxième prénom. Mais l'autre n'aura rien voulu savoir...

Je quitte la pièce lentement, à contrecœur. En quelques secondes, je viens de rencontrer mes parents, ma sœur et d'entendre le nom du journal d'Émilien. Curieusement, je me sens plus bouleversée par les paroles de M. Désilles que par les visages de mes parents. Il a parlé de scandale, de martyr, de *La Marseillaise*. Au ton de sa voix, j'ai compris qu'il se passait quelque chose de grave. Je brûle de revenir dans le salon pour en savoir davantage. Je me tiens, immobile, juste derrière la porte, dans l'espoir qu'on me rappelle. Le ton est monté. Les femmes s'en mêlent.

– Pas devant Hortense, je vous en prie ! Cette petite est bien trop jeune pour entendre parler de politique, s'exclame Mme Désilles.

– Chère amie, vous avez raison comme toujours, dit le député. Pourtant, ce qui va se jouer dans les jours à venir risque d'être décisif… pour l'avenir d'Hortense aussi.

– Allons, allons, il faut juste tenir jusqu'à la majorité du prince, tempère Mme de la Roche. Alors l'empereur pourra abdiquer en faveur de son fils et l'Empire sera sauvé.

– Il y songe, ma chère, il y songe, confirme M. Désilles. Sa santé s'est tellement dégradée qu'il ne peut guère régner dans l'état qui est le sien. Il est à la merci de tous les intrigants, tous les affairistes qui ont accru leur influence à mesure que sa santé déclinait.

– On dit ses souffrances immenses…

Soudain, la clochette retentit, je sursaute. Madame, sans doute, juge cette conversation trop sérieuse pour son souper.

Elle doit espérer qu'en passant à table, on adoptera des sujets plus légers. Vite, je rejoins ma place près de Margot dans la salle à manger et, tandis que les invités entrent, nous nous tenons au fond de la pièce, silencieuses et immobiles. Invisibles surtout.

Je peux détailler à mon aise la toilette de Mme Désilles. C'est vrai qu'elle est belle avec sa taille fine et ses longues mains blanches, qui n'ont jamais travaillé. Elle se déplace avec souplesse, avec grâce, sûre d'elle-même.

À son côté, sa fille semble gauche, empruntée. J'ai presque envie de l'aider, tandis qu'elle se débat avec sa crinoline pour réussir à s'asseoir. M. Désilles n'a pas oublié le sujet de son inquiétude. En prenant place, il murmure à M. de la Roche, assez bas pour n'être pas entendu des femmes :

– 1870 sera une année décisive pour l'Empire, je vous le dis. Tout cela pourrait mal finir...

Son voisin acquiesce d'un mouvement de tête puis il se lève et déclare en levant son verre :

– Eh bien je porte un toast à notre chère Hortense. Hortense, nous t'avons connue enfant et tu es devenue une ravissante jeune fille. Je souhaite que ton entrée dans le monde t'apporte de nombreux succès et beaucoup de joie !

– À Hortense ! s'exclament trois voix enthousiastes.

Mme Désilles couve Hortense d'un regard fier et protecteur, attendrie sans doute par la timidité de sa fille. Je sens en moi une morsure douloureuse que je reconnais pour être celle de la jalousie. Bien sûr, j'ai déjà éprouvé chez moi cette souffrance. Quand on est la cadette, il est rare qu'on ne jalouse pas sa sœur aînée, qu'on n'accuse pas ses parents d'avoir « une préférée ».

Mais ce que je ressens est sans mesure avec ces craintes d'enfant d'autant plus légères qu'on les sait infondées. Hortense d'ailleurs n'est pas la préférée. Aux yeux de nos parents, elle est la seule.

Le souper commence. Dans un ballet continu, parfaitement chorégraphié, nous quittons la pièce, allons en cuisine, revenons les mains chargées, débarrassons, rapportons les assiettes vides en cuisine, servons, sauçons, assaisonnons. On dirait deux papillons de nuit autour d'une lampe, sans cesse rappelés vers la table, toujours occupés. Les adultes, habitués à cette danse, ne nous remarquent pas. Seule Hortense, que son jeune âge exclut des conversations, nous observe à la dérobée. Lorsque je pose devant elle une assiette remplie de potage fumant, elle me remercie silencieusement, d'un léger mouvement de tête.

– Les maîtres ne remercient jamais les domestiques, souffle Margot lorsque nous nous retrouvons dans la cuisine. Elle ne doit pas savoir, à cause du couvent. Sa mère lui fera la leçon ce soir.

Cette remarque m'attache Hortense. Je ne sais pas pourquoi, mais l'idée qu'elle se fasse sermonner par notre mère parce qu'elle m'a saluée me la rend plus proche et même sympathique. Autant je ne me sens aucune affinité avec M. et Mme Désilles, autant je n'ai pas de mal à imaginer qu'Hortense est ma sœur. Qu'un même sang coule dans nos veines.

Pour ma mère, c'est très différent. Chaque fois que je me penche vers elle pour la servir, j'épie les mouvements de sa figure, les expressions de son visage, les ombres de sa peau. Je sens son parfum, un peu capiteux, un peu entêtant. Et j'en retire une impression de malaise. Je la trouve fausse et superficielle. Se peut-il vraiment que je sois la fille d'une femme comme elle ? D'ailleurs je ne lui ressemble pas. Ses cheveux sont châtains, les miens sont blonds. Elle a les bras ronds, la gorge pleine. Je suis maigrichonne et plate.

Autour de la table, les conversations ont repris. On parle de l'Exposition universelle, d'une pièce de théâtre, du chantier de l'Opéra, d'un jeune architecte appelé Charles Garnier. Je saisis des bribes de ces discussions chaque fois que je dépose un plat, chaque fois que je sers un verre, chaque fois que je débarrasse une assiette. Mais tout cela ne me concerne pas. Ces sujets me semblent lointains, étrangers à ma vie et à mes préoccupations. Je sens bien que ce monde n'est pas le mien. Je m'interroge : est-ce que moi aussi, si j'avais grandi boulevard Saint-Germain, j'aurais des préoccupations semblables ?

Ce qui me surprend, c'est d'entendre les hommes parler avec beaucoup de vivacité et de légèreté de divertissements et de mondanités quand, quelques minutes plus tôt, ils évoquaient une année décisive et auguraient du pire. Moi je n'ai rien oublié des mots saisis dans le grand salon. Je me demande ce qu'il a pu se passer pour que M. Désilles parle d'un scandale, de martyr. Et d'ailleurs, qui est ce cousin de l'empereur ?

Lorsque le souper s'achève, il est minuit et demi. Je surprends un bâillement d'Hortense, immédiatement suivi d'un coup de coude discret de sa mère. Ça non plus, ça ne se fait pas. Moi aussi je suis épuisée. Ce ne sont pas tant les trajets entre la cuisine et la salle à manger qui m'ont fatiguée, mais plutôt l'attention permanente accordée aux moindres gestes, aux moindres paroles des convives. Et ma surveillance discrète, l'oreille tendue, l'esprit en alerte. Au moins, à l'usine, je pouvais penser à autre chose. Mes gestes étaient devenus si mécaniques que je pouvais sans crainte laisser mon esprit vagabonder au-delà des tablettes uniformes.

Lorsque je retrouve Margot dans la cuisine, je m'affale sur une chaise, le corps fatigué, l'esprit las. Ce n'est pourtant pas le moment de m'endormir. Les invités vont partir, ils vont passer par le hall, ils verront peut-être le drap de batiste. Quelle sera leur réaction ? Je dois me tenir prête.

– Je vais donner les manteaux, dis-je à Margot en quittant la cuisine.

Je pénètre dans le hall, les bras chargés. Madame porte une cape de fourrure. Je tends à Hortense un manteau de laine vert, bordé d'hermine.

– Merci, murmure-t-elle.

Sa mère la foudroie du regard. Encore un faux pas.

– Laissez, ma chère, nous sommes entre nous, tempère Mme de la Roche.

La réaction de Mme Désilles achève de me décourager. Soudain, je n'ai plus du tout envie qu'elle soit ma mère. Alors, je me poste devant le guéridon pour dissimuler aux yeux des invités le drap de batiste avec mes initiales. Maintenant, je voudrais éviter qu'ils le voient. Et qu'ils me reconnaissent. Et s'ils voulaient me reprendre ? Pour rien au monde je ne voudrais vivre aux côtés de cette femme orgueilleuse, de cet homme hautain.

Je pense à mes vrais parents, à ceux qui m'ont élevée. À leur amour silencieux, à leur tendresse bourrue. Jamais ils ne m'ont dit je t'aime. Mais jamais ils ne m'ont humiliée. Un élan de tendresse me porte vers le souvenir de notre maison, de Jacques, de Jean, de Suzanne. J'ai reçu d'eux une réponse à ma lettre, trois lignes écrites par Suzanne : « Cela nous fait plaisir de voir que tu penses à nous. Surtout ne prends pas froid, sois bien prudente. Ici, tout le monde t'embrasse. » Depuis, plus rien. L'envie me prend de rentrer à Noisiel. Très vite. Demain. Je ferai ma valise, je réclamerai mes gages, et avec l'argent j'achèterai mon billet de train. Discrètement, j'attrape le petit drap et le dissimule derrière mon dos. Mais soudain madame m'interpelle :

– Léonore, allez donc chercher la canne de monsieur, je vous prie.

Mon prénom, soudain lâché au milieu du hall, me fait sursauter. M. Désilles aussi s'est retourné brusquement. Pour la première fois depuis le début de la soirée, il pose ses yeux sur moi, découvre que j'existe. En un fragment de seconde, le philtre de mon invisibilité s'est évanoui. Je repose discrètement le drap sur le guéridon pour libérer mes mains. Hortense me dévisage. Mme Désilles, elle, n'a pas réagi. Elle se mire dans le grand miroir qui orne le mur de l'entrée. Pourtant, tandis que je m'éloigne pour aller chercher la canne, je l'entends distinctement murmurer à madame :

– Léonore ? C'est étrange ce nom, pour une petite bonne...

– N'est-ce pas ?

M. Désilles se tourne vers sa femme, ils échangent un regard appuyé. À quoi pensent-ils ? Est-ce que mon prénom a éveillé en eux le souvenir de l'enfant qu'ils ont abandonnée ? Ils ne semblent pas troublés outre mesure, pourtant. Ils embrassent leurs hôtes, les remercient. Je reviens en gardant la tête baissée. Mes joues sont en feu. Je sens mon sang battre dans mes tempes. Je tends la canne à M. Désilles qui la saisit avec désinvolture, sans un regard pour moi. Si ça se trouve, il a déjà oublié mon prénom. Je voudrais qu'ils partent à présent, j'aimerais ne plus les voir, ni entendre leurs voix, ni sentir leurs parfums. Mais soudain, tandis qu'elle passe le seuil, Mme Désilles renverse d'un pan de sa cape le drap de batiste posé à la hâte sur le guéridon. Mme de la Roche s'en saisit et dit :

— Ma chère, vous oubliez ceci !

Mon cœur cesse de battre.

Mme Désilles se retourne, regarde le drap puis lève les yeux et déclare :

— Non, ce n'est pas à moi.

Elle caresse le drap et ajoute :

— Une belle étoffe pourtant... et ces broderies ! LD ? Non, ça ne me dit rien.

Ces mots tombent au fond de moi de tout leur poids. J'encaisse le coup, je ne bronche pas. Ça ne lui dit rien, ça ne lui dit rien... La porte se referme. J'essaie de réguler les battements de mon cœur, de reprendre mon souffle.

LD, ça ne lui dit rien... Mes membres tremblent malgré moi. Madame doit s'en rendre compte car elle me glisse :

— Léonore, vous semblez épuisée. Allez donc vous coucher. Margot s'occupera du reste.

Dans la cuisine, je croise Margot assise devant une assiette de pois au lard et d'oie farcie. Elle me regarde de ses yeux gourmands.

– Oh que c'est bon! Tu en veux? Tiens, je t'ai laissé une assiette.

– Merci je n'ai pas faim.

– Tu es sûre que ça va? On dirait que tu as croisé un fantôme.

Je bredouille une excuse et je m'éclipse par la porte de service. Dans l'obscurité de ma chambre, sous mes draps glacés, je laisse enfin couler mes larmes. Puis je me console en songeant à mon départ, à mes parents que je vais retrouver. Je n'ai plus rien à faire ici. Puisque LD, ça ne lui dit rien.

# CHAPITRE X

J'ai préparé ma valise très tôt. J'ai aussi répété mon discours pour Mme de la Roche. Je ne veux pas partir sans la remercier. Margot a raison : c'est une personne juste et bonne. Elle a pour ses domestiques plus d'attention que n'en manifestent les bourgeois du boulevard Saint-Germain. Mais elle est absente ce matin : elle organise une vente de charité et ne sera pas de retour avant deux heures. En attendant, Margot et moi vaquons aux occupations ordinaires de la maison : nous faisons la poussière, tapons les tapis, astiquons l'argenterie. C'est pendant que je frotte les couteaux en argent que j'entends ce cri, juste sous les fenêtres :

– *La Marseillaise* ! Demandez *La Marseillaise* ! Tout sur l'assassinat de Victor Noir !

C'est la voix d'Émilien, j'en mettrais ma main à couper. Je me précipite à la fenêtre et je reconnais sa silhouette sur le trottoir en face. Il brandit son journal à bout de bras, reprend sa litanie :

– Tout sur l'assassinat de Victor Noir, martyr des Bonaparte !

Émilien fixe la façade de notre immeuble, semble chercher quelqu'un des yeux. Serait-ce moi ? Je me hasarde sur le balcon. L'air est très vif. Depuis le matin, quelques flocons tombent sur la chaussée. Soudain, son regard s'arrête à ma hauteur. Il me tend le journal puis me fait signe de descendre. Sans réfléchir, je m'élance hors de l'appartement.

– Mais où vas-tu ? crie Margot dans l'escalier. On n'a pas fini !

Je ne réponds pas, mon cœur bat la chamade. Je ne sais si c'est la pensée de retrouver Émilien, ou celle de quitter enfin l'appartement, ou encore la perspective de connaître les dessous de cette histoire. Un peu tout cela sans doute.

Dehors, le froid me saisit. Les trottoirs sont recouverts d'une neige sale, fondue, qui pénètre dans mes chaussures et me mouille les pieds. Je n'ai pas de manteau, juste ma tenue de domestique, ma robe noire, mon tablier blanc. Je suis un peu confuse de me montrer à Émilien avec mes habits de bonne. Il m'accueille avec un sourire railleur :

– Alors ça y est ? Tu vis dans les beaux quartiers ?

Je ris puis je déclare solennellement :

– Je mène une enquête !

– Je t'en apporte une autre, dit-il en me mettant entre les mains le journal.

*La Marseillaise* est encadrée de noir, comme un signe de deuil. Je lève les yeux vers Émilien.

– Un de nos camarades est mort, sous les coups de feu d'un Bonaparte.

– Que s'est-il passé?

Émilien me raconte tout. Le coupable d'abord : Pierre-Napoléon Bonaparte est le fils de Lucien Bonaparte, un frère de Napoléon I$^{er}$. C'est donc un cousin de l'empereur Napoléon III. C'est surtout une crapule, un enragé qui a déjà assassiné mais s'en est toujours sorti, rapport au cousin qui magouille pour le blanchir à chaque fois. Ce n'est pas qu'il est bien vu de l'empereur. Non, celui-ci se méfierait plutôt de ce Bonaparte trop agité, qui risque de compromettre le nom de la famille avec ses incartades et ses coups de sang. Mais un Bonaparte reste un Bonaparte, hein? Toujours est-il que ce Pierre-Napoléon, ayant lu un article de *La Marseillaise* qui traitait les Bonaparte de « bêtes féroces », a demandé réparation à Rochefort, le directeur du journal.

– Le patron, ça l'a pas fait trembler d'un pouce, m'affirme Émilien. C'est un habitué des duels, il en ressort toujours vainqueur. Il a envoyé ses témoins au domicile du Bonaparte. Sauf qu'entre-temps, Grousset, un journaliste de *La Revanche*, a aussi envoyé ses propres témoins au domicile du cousin impérial, pour demander réparation, attendu que le Bonaparte l'avait copieusement insulté dans un article paru dans *L'avenir de la Corse*. Tu vois le tableau ? Quatre témoins, deux duels, excusez du peu ! Les témoins de Grousset arrivent les premiers chez Pierre-Napoléon. Ils se présentent : Victor Noir et Ulrich de Fonvielle, qu'ils s'appellent. Cela met le cousin de l'empereur dans une rage folle : ce sont les témoins de Rochefort qu'il attend, pas ceux de Grousset ! Il demande à Noir et Fonvielle s'ils sont solidaires de « ces charognes » de *La Marseillaise*. « Absolument solidaires, qu'ils répondent en chœur, ce sont nos amis ! » Le mot ne plaît pas au prince qui sort de sa poche un revolver et tire six fois. Noir est touché à la poitrine. Il réussit à s'enfuir par les escaliers mais s'écroule sous le porche, mort.

Je reste sans voix. M. Désilles avait bien raison de parler de scandale, de martyr ! Une telle mort est si injuste, ce Bonaparte est un criminel !

– C'est exactement ce que dit Rochefort dans le journal ! approuve Émilien. Tiens, regarde l'article en première page !

Et il déclame d'une voix tonitruante :

– « J'ai eu la faiblesse de croire qu'un Bonaparte pouvait être autre chose qu'un assassin. J'ai osé imaginer qu'un duel loyal était possible et aujourd'hui nous pleurons notre pauvre et cher ami Victor Noir. Voilà dix-huit ans que la France est entre les mains ensanglantées de ces coupe-jarrets. Peuple français, est-ce que décidément tu ne trouves pas qu'en voilà assez ? »

Des passants se retournent, s'arrêtent, l'air outrés. Je jette des coups d'œil furtifs autour de nous. Et si madame revenait et me voyait là ? Pourtant je n'ai pas peur. Je partage l'indignation d'Émilien. Cet article, je le trouve sublime. Et sa voix quand il lit... Il ne bute pas sur les mots, il ne déchiffre pas comme moi. Il va droit au but, au bout de son texte, sans hésitation, avec force, avec énergie.

– Hein, c'est tapé ? demande Émilien, fier de son effet.

– Et ce Bonaparte, il a été arrêté ?

– Le soir même ! par Ollivier, le chef du gouvernement. Mais tu verras qu'il sera acquitté, le voyou. Entre canailles, on se serre les coudes. En tous cas, si tu veux rejoindre les camarades, viens mardi, le 12, pour les obsèques de Noir. Ils ont organisé ça à Neuilly pour éviter les rassemblements. Ces gens-là ont peur du peuple.

Sans hésiter, je réponds oui. Je ne connais pas Victor Noir, je ne me mêle pas de politique, je n'ai rien contre Napoléon III et sa famille. Mais je déteste l'injustice et la pensée que cet homme ait été tué sans raison, sur un simple coup de colère, me révulse. Et puis, lorsque Émilien me parle, je me sens des forces nouvelles. Je ne sais pas comment il s'y prend, mais ses paroles m'envoient comme du feu dans l'estomac. Il me serre la main.

– Alors bien vrai ? Tu viendras Léonore ?

– Puisque je te le dis.

– Merci ! Je serai content de te voir là-bas. Et ton enquête, ça avance ?

J'élude la question d'un geste vague.

– Ça avance doucement...

– Dis donc, j'ai pensé à un truc, après notre dernière discussion. C'est à cause des dates. Tu dis qu'on n'a plus trace de ton père après décembre 1851, c'est-à-dire après le coup d'État de cette crapule. Une supposition, comme ça : et si ton père était mort pendant la nuit du 4, la nuit de la répression ? Ou s'il était exilé, hein ? Ils sont nombreux, les ennemis de l'Empire, réfugiés à Londres, à Bruxelles ou sur l'île de Guernesey !

– L'île de Guernesey ? je répète, hébétée.

– Une île anglaise, au large des côtes normandes. L'île des proscrits, qu'on l'appelle. C'est là qu'est exilé Victor Hugo. T'as jamais lu Victor Hugo ? Bah ! je te passerai ses poèmes. Y en a un tas, dans l'imprimerie de mon père. C'est drôlement beau, tu verras.

Je ne sais pas si les poèmes de Hugo sont drôlement beaux. Mais Émilien vient de me remettre l'espoir au cœur. Serait-ce possible que mon père ne soit pas ce bourgeois arrogant que j'ai vu hier ?

– Mais... et la famille qui vit ici, alors ?

Émilien balaie cette opposition d'un geste vague.

– Un frère, un cousin, ou un usurpateur ! N'oublie pas que c'est la mode de notre époque !

Mon père, un proscrit de l'Empire? Je reste abasourdie. Jamais je n'ai envisagé cette possibilité.

– Bon, dit-il. Tu sais que tu peux compter sur moi. Si t'as besoin d'un coup de main, d'un renseignement, je ne suis jamais loin!

Jamais loin? Mais au contraire! Un monde sépare les bureaux de *La Marseillaise* du boulevard Saint-Germain. Quand pourrai-je le revoir? Comment le joindre, l'appeler en cas de besoin? Je brûle de lui demander un moyen, de fixer un rendez-vous, tous les dimanches par exemple, à l'angle du boulevard, après le service. Mais je n'ose pas. Quelque chose me retient qui n'est pas de la timidité, mais plutôt une intuition, la certitude que toute règle, toute obligation ferait fuir ce garçon trop épris de liberté.

– Cette fois, je dois y aller, dit enfin Émilien. À mardi alors?

– À mardi!

Il s'éloigne en criant «Demandez *La Marseillaise*! Toute la vérité sur l'affaire Victor Noir! Rochefort accuse les Bonaparte d'être des assassins!» Je le regarde partir, le bras tendu, sous le ciel bleu échevelé de mèches blanches. Il neige plus fort à présent. Les flocons couvrent mes cheveux d'une parure délicate, un peu mouillée. Pourtant je demeure immobile, je ne sens pas le froid. Un feu intérieur m'embrase le cœur, répand en moi une joie vive. «À mardi»... ce n'est pas vraiment un rendez-vous, mais déjà une promesse.

– Viens-tu ? crie soudain Margot depuis le balcon du second.

J'exhausse mon regard, lui fais un signe.

– J'arrive !

Pour moi, il n'est plus question de partir.

# CHAPITRE XI

*Neuilly*
*12 janvier 1870*

Dans ma chambre ce soir-là, je lis *La Marseillaise*. Ce numéro est un rescapé de la police de Bonaparte. À midi, le gouvernement a fait saisir le journal. Trop tard : 145 000 exemplaires ont été vendus depuis huit heures du matin et Paris ne parle que de l'article de Rochefort. C'est monsieur qui a expliqué cela à madame, ce soir au dîner, tandis que je servais le bouillon. Il l'a lu dans *Le Siècle*. Madame a secoué la tête, a soupiré et a dit :

– C'est très mauvais pour le gouvernement, cette histoire... Vous verrez mon cher que la balle qui a tué Victor Noir ricochera loin.

J'ai un peu rougi en songeant que j'avais, caché sous mon tablier, l'exemplaire de *La Marseillaise* donné par Émilien. Je me suis tenue très droite près de la table, craignant à tout instant que le froissement du papier me trahisse. Dès que j'ai fini le service, je me suis précipitée dans notre mansarde. J'ai d'abord voulu faire la lecture à voix haute à Margot mais elle a refusé. Elle ne veut pas se mêler de politique, elle dit que ça n'apporte que des ennuis et que, quand on est domestiques, on a assez à faire avec ses propres soucis. Tandis qu'elle s'endort, j'allume une chandelle et je lis dans mon lit, sous la couverture, les doigts engourdis par le froid. Pendant que je relis l'article de Rochefort, il me semble entendre la voix d'Émilien, criant sur le boulevard : « Peuple français, est-ce que décidément tu ne trouves pas qu'en voilà assez ? » Cet appel à la révolte est suivi par le témoignage de Fonvielle et l'éloge funèbre de Victor Noir. Puis un court encart invite « tous les citoyens, tous les amoureux de la justice, tous les gens de cœur à se rassembler le jour des obsèques devant le domicile de Victor Noir, rue Perronet, passage Masséna, à Neuilly ».

Je me souviens de la promesse faite à Émilien. Les obsèques ont lieu demain. Il faut que je demande à madame un jour de congé. Mais pour quoi ? Sous quel prétexte ? Je ne peux donner à ma patronne le motif véritable de mon absence. Ces questions m'empêchent longtemps de dormir puis je sombre dans un sommeil sans rêve.

– Ce n'est pas ainsi qu'on s'y prend, Léonore, me répond madame quand je lui expose ma requête le lendemain. Comprenez-moi. Je ne peux pas accorder des congés comme ça, à mes domestiques, sans en être avertie suffisamment tôt.

– Je sais bien madame, j'en suis désolée. Seulement, c'est un cas particulier. Ma mère est tombée malade, je dois aller la voir.

– Et où se trouve-t-elle, votre mère ?

Je reste silencieuse. Voilà une question que je n'avais pas prévue. Je ne connais pas assez Paris pour inventer une adresse à l'improviste. Alors je donne la seule que je connais :

– À la pension Girard, rue de l'Horloge.

Madame me dévisage d'un air suspicieux. Elle doit craindre que je parte retrouver un garçon, mon amoureux. C'est la peur de toutes les patronnes, à ce que Margot m'a dit.

Pour la rassurer, j'ajoute très vite :

– Dès que je l'aurai soignée, je reviendrai.

– Avec mes amis du comité de la Charité, nous nous rendons cet après-midi auprès des nécessiteux, distribuer du charbon et du pain. Nous pouvons peut-être passer la voir.

Cette sollicitude me touche. Je ne doute pas que Mme de la Roche soit une personne pleine de bonté. Pourtant, j'ai promis à Émilien, je ne peux pas me dérober.

D'ailleurs, je n'en ai pas envie.

– Merci madame, c'est bien gentil à vous de le proposer. Mais ma mère est fière. Elle n'aimerait pas voir ma patronne à son chevet.

Madame soupire, affirme qu'elle comprend. Elle me fait des recommandations – il est dangereux pour une jeune fille de se promener seule dans Paris – et insiste pour que je rentre avant la nuit tombée. Avant la nuit tombée ? En janvier, la nuit tombe avant six heures. Cela me laisse assez de temps. Je promets.

Je m'éclipse après le dîner. Dans la chambre glaciale, j'ôte ma tenue de domestique en grelottant et j'enfile ma robe noire, celle au col de dentelle. C'est la première fois que je la porte depuis que je suis au service de Mme de la Roche. Ce qu'elle me rappelle – la tendresse de ma mère, sa générosité – me donne du courage. Je sais bien qu'on ne serait pas content, à Noisiel, que je me mêle aux opposants au régime. Je devine qu'on n'approuverait pas non plus mon amitié pour Émilien, une « tête brûlée » comme dirait mon père. Mais mes parents m'ont répété que je devais chercher ma voie, construire ma vie. C'est exactement ce que je fais.

Puis je me coiffe et j'attache mes cheveux avec un ruban noir. À quoi est-ce que je peux bien ressembler ? Il n'y a pas de miroir dans les chambres de bonnes, pas plus que sur le palier du sixième étage. Margot dit que les maîtres craignent que ça encourage notre coquetterie. Bien sûr, il faut toujours avoir une tenue impeccable pour servir. Mais Margot est mon miroir : chaque matin, avant de descendre, nous nous examinons l'une l'autre afin de rectifier un nœud de travers ou une mèche de cheveux rebelle. Pourtant, cette fois, j'aimerais bien voir mon reflet. Je sais que, dans l'escalier des maîtres, de grandes glaces ornent les murs de chaque palier. Il suffirait que je puisse m'y voir, une minute, une toute petite minute.

Je descends à la hâte l'escalier de service, j'entre dans l'appartement du deuxième que je traverse sur la pointe des pieds pour ressortir de l'autre côté, face à la grande glace en pied où les invités de madame s'observent avant de sonner. Le reflet qui me fait face me plaît, même je me trouve jolie. Le petit col de dentelle fait comme un piédestal à mon visage. Mes joues sont roses, mes yeux brillent. Je me trouve quelque chose de changé, peut-être est-ce cet air de gaieté et d'impatience que je ne me connais pas. Je fais la révérence et murmure « Enchantée, Léonore Désilles ». Soudain une porte s'ouvre sur un palier supérieur. Je dévale les escaliers, le cœur battant, en priant pour ne rencontrer personne. Il est strictement interdit aux domestiques d'emprunter l'escalier des maîtres.

Sur le boulevard Saint-Germain, je retrouve mon souffle. Avec mes dernières pièces, je prends l'omnibus qui s'arrête à Neuilly. Il est bondé. Est-ce que tous ces gens vont à l'enterrement de Victor Noir ? Pour mieux respirer, j'emprunte l'escalier hélicoïdal à l'arrière et je me retrouve sur la plateforme.

Je suis seule, l'air est vif, le froid mordant. Mais je me sens merveilleusement bien, merveilleusement libre. À droite, à gauche, où que se pose mon regard, je vois Paris, ses monuments grandioses, l'agitation fébrile de ses habitants pressés. Pour la première fois, j'ai l'impression d'appartenir complètement à cette ville, à ce peuple parisien qui me semblait, il y a un mois encore, si étranger, si différent. J'inspire profondément. L'omnibus accélère. Un sentiment de liberté me monte au cœur et me grise.

La liberté... Je comprends soudain comment des hommes peuvent se battre et mourir pour elle, comment elle inspire leurs actions, leur insuffle le courage nécessaire pour tout changer.

Je repense à la jeune fille que j'étais, il y a deux mois, ouvrière docile de la chocolaterie. Je mesure le chemin accompli, tout ce que j'ai découvert et appris. Je ne dois pas m'arrêter maintenant. Il y a encore beaucoup de route à faire pour accomplir ma destinée. Mais je me sens des ailes. La pensée d'Émilien qui m'attend là-bas n'est pas étrangère à cette exaltation. C'est lui qui m'a ouvert les yeux, qui m'a montré la voie de l'indépendance. À l'idée de le retrouver, mon cœur se met à battre plus fort.

«Neuilly, passage Masséna!» crie le cocher. Je descends l'escalier. Je ne m'étais pas trompée : la foule qui se pressait dans l'omnibus se rend effectivement aux obsèques de Victor Noir. Combien sommes-nous? Des milliers? Des dizaines de milliers?

– Au moins deux cent mille ! crie une voix derrière moi. Bonaparte aura beau masser ses soldats sur le parcours, rien ne pourra nous empêcher d'escorter Noir jusqu'au Père-Lachaise.

Son cri est repris par la foule qui se met à scander :

– Au Père-Lachaise ! Au Père-Lachaise !

À mon côté, une femme mêle sa voix grave à la clameur de la rue. Je lui demande :

– Qu'est-ce que c'est, le Père-Lachaise ?

Elle se tourne vers moi, et me répond, mi-surprise mi-amusée de mon ignorance :

– Ben ça alors ! D'où sors-tu, toi ? Le Père-Lachaise, c'est un cimetière, à Ménilmontant, où c'est qu'on enterre les grands hommes !

Je hoche la tête d'un air entendu. Autour de nous, d'autres voix crient :

– À mort Bonaparte ! À bas l'Empire !

– Vive la République !

Je me sens un peu perdue, étourdie. Deux cent mille personnes ? Comment vais-je retrouver Émilien dans cette multitude anonyme ?

Un homme habillé de noir est monté sur une estrade et harangue la foule :

– Chers amis ! Chers amis ! Bonaparte nous tend un piège en installant ses soldats le long du parcours qui mène au Père-Lachaise. À la première occasion, ils tireront !

La foule, indignée, hurle, siffle. Deux femmes près de moi répètent « C'est Rochefort ! C'est Rochefort ! »

– Les Bonaparte n'ont-ils pas prouvé qu'ils étaient des assassins et les ennemis du peuple?

À nouveau, des cris fusent:

– Vengeance! Vengeance! Assassins!

– Mes amis! Ne tombons pas dans ce piège! prévient Rochefort. Victor Noir notre ami, mort martyr de la liberté, sera enterré à Neuilly! Nous suivrons son cercueil en silence, dans le recueillement, ainsi que l'exigent les circonstances. Il n'est pas dit que le tyran nous trouvera en dessous de ses crimes! Il n'est pas dit non plus que ce crime restera impuni!

Des exclamations enthousiastes accueillent cette promesse. Autour de moi, des ouvriers sont déçus. Quoi? Rochefort appelle au calme et à la résignation? Le cortège s'ébranle. Un grand corbillard noir fend la foule, indique la direction à suivre. Des soldats au garde-à-vous nous fixent, la baïonnette au fusil. Partout dans Neuilly, aux fenêtres des maisons, sur les toits, perchés aux arbres, des hommes saluent la dépouille en retirant leurs chapeaux, leurs casquettes usées d'ouvriers. Des femmes massées sur les trottoirs jettent des fleurs. L'émotion est énorme. Je suis oppressée par la foule qui s'avance sur le boulevard. J'étouffe. Je pense à madame, aux mensonges que j'ai faits. Si elle me voyait là, que dirait-elle? Et mes parents de Noisiel? Ils me blâmeraient, c'est sûr, de m'être mêlée à une foule hostile à l'empereur. Un frisson me parcourt l'échine. Et Émilien? Où est-il?

Je commence à douter de ma place parmi ces hommes qui vitupèrent, ces femmes qui pleurent, ces soldats qui nous menacent. Je repense à ma merveilleuse assurance tout à l'heure, sur le toit de l'impériale. Il en faut peu pour perdre toute confiance en sa destinée.

Enfin, nous arrivons au cimetière. À présent, la foule se tait, marche d'un pas lourd vers la tombe, cent mille galoches qui frappent le pavé au même rythme, avec la même colère sourde. Le silence est parfois troublé d'un sanglot.

Ma voisine se mouche :

— Dire qu'il n'avait pas vingt-deux ans. Et bel homme avec ça ! Si c'est pas malheureux...

Enfin, le cortège s'immobilise. Rochefort, Grousset, Fonvielle, tous les journalistes de *La Marseillaise* sont à présent devant la tombe qui doit accueillir leur ami. On ne voit rien. Mais on entend leurs voix par-dessus les tombes et les cyprès. Des mots s'échappent, qui trouent le silence ouaté de l'hiver : « ami », « liberté », « humanité », « vengeance ».

Je retiens ma respiration. Je me sens gagnée par l'émotion qui étreint la foule. Je sens mes larmes monter. Mais je ne saurais dire si je pleure sur la dépouille de Victor Noir, sur mon sort, sur mes parents exilés, ou sur l'absence d'Émilien...

— Une jolie demoiselle ne devrait jamais se rendre à un enterrement sans mouchoir, glisse une voix.

Je sursaute, je me retourne. C'est Émilien qui me tend son mouchoir. Je suis tellement émue que, pour un peu, je l'embrasserais.

– Comment m'as-tu trouvée ?

– Pas dur... J'étais avec Rochefort, sur l'estrade. De là, je voyais toute la foule.

Je souris. Je murmure :

– Il y a beaucoup de monde.

– Le peuple a entendu l'appel de la liberté. Il est en marche ! Bonaparte et toute sa clique peuvent préparer leurs malles.

Un ouvrier nous interpelle :

– Eh les amoureux, c'est un cimetière ici, pas un parc pour rendez-vous galant ! Taisez-vous donc ! On veut entendre les discours.

Je rougis. Émilien me prend la main.

– Viens ! souffle-t-il.

Et aussitôt, il m'entraîne dans une allée. Il joue des coudes pour nous frayer un chemin parmi la foule recueillie. Les gens protestent mais il avance, indifférent à l'indignation qu'il suscite. Enfin nous rejoignons le premier rang où se sont massés les journalistes, les amis de Victor Noir. Je suis un peu gênée de me retrouver là, je le dis à Émilien.

– Bah, tu es des nôtres maintenant ! Ici, tu entendras mieux ! lance-t-il en désignant d'un mouvement de menton la tombe béante devant laquelle Rochefort lit son discours.

J'entends mieux, mais je n'écoute plus...

Mon esprit est tout entier occupé par la présence d'Émilien à mes côtés. Il porte un costume noir, avec un brassard noir sur l'avant-bras et un petit foulard rouge. Ses cheveux sont peignés soigneusement, avec un peu de brillantine. Je sens sa main dans la mienne, son sang qui bat dans son pouls. Et une émotion indescriptible me gagne. J'ai l'impression très nette qu'à ce moment précis nous sommes si proches : nous communions à la même peine, aux mêmes espérances. Les hommes maintenant défilent devant la tombe béante, jettent des couronnes, des fleurs. Une femme, tout de noir vêtue, lit un poème devant le caveau. Elle a une voix grave et un regard farouche.

– C'est Louise Michel, me glisse Émilien.

Je ne connais pas Louise Michel, mais l'allure si fière de cette femme m'impressionne. Enfin c'est notre tour. J'avance sur la planche qui surplombe le trou creusé dans la terre. Sous mes pieds, je distingue le cercueil recouvert de fleurs. Mon cœur se met à battre très fort. J'ai un vertige. Émilien tient toujours ma main. Il ferme les yeux, je fais comme lui. À voix basse, je récite une prière que ma mère m'a apprise quand j'étais petite et qui se finit par « Veillez sur nous, maintenant et à l'heure de notre mort ». Quand je les rouvre, je vois Émilien ôter son foulard rouge et le jeter dans la fosse. Alors, je porte la main à mes cheveux, je dénoue mon ruban de velours noir et je le jette à mon tour. Il tombe lentement et rejoint le foulard d'Émilien sur le cercueil de Victor Noir.

Le soleil se couche lorsque nous quittons le cimetière. Maintenant que la cérémonie s'achève, les esprits
s'échauffent. Certains parlent d'aller à Montmartre,
d'autres à Belleville, d'autres aux Tuileries.

– Je dois rentrer, dis-je à Émilien. J'ai promis à
madame que je serais là avant la nuit.

Il lève les yeux au ciel, a une grimace.

– Avant la nuit, ça sera difficile... Je peux t'aider à
trouver un fiacre, si tu veux.

– Je n'aurai pas assez de sous pour un fiacre. Je vais
prendre l'omnibus.

Nous avons toutes les peines à trouver un omnibus
où il reste une place. Ceux qui passent devant nous
sont bondés et refusent de prendre des passagers.
Émilien en désigne un et me lance :

– Il faut monter en marche ou bien tu n'arriveras
jamais !

Il m'entraîne à sa suite, nous courons derrière la
voiture. Il saute sur le marchepied et crie :

– Monte ! Monte !

Je cours plus vite, les yeux fixés sur la main qu'il
me tend. J'allonge le bras, je m'élance et, en un bond,
je le rejoins sur le marchepied. Nous y sommes ! Les
passagers, entassés, protestent qu'il n'y a plus de
place, menacent de nous flanquer dehors. Émilien
s'en moque, il hausse les épaules. Il désigne l'escalier.

– Grimpe donc sur l'impériale ! Là-haut, personne
ne te dira rien. Ça va aller ?

Je hoche la tête. Je reprends mon souffle. C'est maintenant que nous nous séparons. Cette pensée me rend triste, mon cœur se serre dans ma poitrine. Je voudrais dire quelque chose pour le retenir, mais je ne trouve rien. Tout est passé si vite. Il fait déjà nuit, les becs de gaz sont allumés sur les boulevards, leurs flammes vacillantes trouent l'obscurité. Se peut-il que tout soit déjà fini ? Dans un élan, j'attrape la main d'Émilien et lui demande :

— Et toi, que vas-tu faire maintenant ?

— Je vais aller là où ça cogne ! assure-t-il avec un air crâne.

Je lui souris. J'aime son énergie, j'envie son courage. Un mouvement brusque de l'omnibus me pousse soudain contre sa poitrine et, lorsque je relève mon visage vers lui, nos yeux se rencontrent. Nos yeux, puis nos lèvres. Qu'il est doux, ce baiser, dans la cohue de l'omnibus, les cris de la foule impatiente, la fièvre des événements ! Je ferme les yeux. Il n'y a plus ni heurt, ni peur, ni obscurité : le monde, en cet instant, s'est pacifié.

— À bientôt, Léonore Désilles !

Je n'ai pas le temps de réagir que déjà, Émilien a sauté lestement de l'omnibus en marche. Un instant encore, je l'aperçois sur le bord de la route, puis la voiture accélère et son ombre se fond dans le manteau sombre de la nuit. Il est donc si tard ? Je songe à Mme de la Roche : que dira-t-elle en me voyant rentrer à cette heure avancée ? Je pourrais chercher des excuses, échafauder des raisons. Mais je n'y arrive pas. Je ne pense qu'à ce baiser, à ce merveilleux après-midi, à la main d'Émilien, à l'émotion qui m'a étreinte, au bord de la tombe de Victor Noir. Et à mon ruban noir, qui gît là-bas, sous la terre humide, à côté du foulard d'Émilien, comme une promesse.

# CHAPITRE XII

*Paris, boulevard Saint-Germain*

J'arrive boulevard Saint-Germain haletante, essoufflée. Pas de lumière aux fenêtres de l'immeuble des
la Roche, madame doit dormir. Je suis transie de
froid et épuisée. Mon ivresse est retombée. À l'heure
où je monte l'escalier de service, la joie éprouvée sur
l'impériale fait place à une angoisse sourde. Que va
dire madame ? Va-t-elle me congédier ? Un instant,
j'imagine la porte close, mes effets rassemblés dans
un baluchon sur le palier. Si j'étais renvoyée ? Que
deviendrais-je seule dans ce Paris inconnu ? Il faudrait que je rentre à Noisiel, que je retrouve ma place
à l'usine. Mais alors, je ne reverrais jamais Émilien ?
Et mes parents ? Mon enquête ? Depuis qu'Émilien
m'a redonné espoir en me parlant des proscrits de
l'Empire, je ne peux renoncer à faire la lumière sur
cette affaire. Il faut que je sache.

Inquiète, je monte péniblement jusqu'au deuxième étage lorsque soudain j'entends des sanglots étouffés dans la cage d'escalier. Ça vient du troisième. Je tends l'oreille. Ce sont bien des pleurs, des pleurs d'enfant. Ou de jeune fille. Je n'ai guère de temps à perdre, pourtant, poussée par la curiosité, je monte quelques marches. Le spectacle que je trouve sur le palier du troisième m'arrache une exclamation de surprise :

– Oh! Mademoiselle!

Dans l'ombre, je viens de reconnaître Hortense Désilles. Assise sur le palier, les jambes repliées sous son menton, elle sanglote en caressant un petit chat tigré. Elle lève vers moi un visage défait, essuie ses larmes d'un geste maladroit. Est-ce parce que nous sommes du même sang? Son chagrin m'émeut. Ce qui me touche plus encore peut-être, c'est de la voir là, dans un lieu réservé à nous autres domestiques, un lieu sale et étroit où sa candeur, sa robe en taffetas rose, lancent comme un éclair de luxe et de beauté. On dirait une princesse de conte de fées qu'un mauvais sort aurait jetée dans une chaumière misérable. Je voudrais la prendre par les épaules, trouver les mots pour la consoler. Je reste immobile, interdite, ne sachant que faire.

– Pardon, dit-elle en se relevant, confuse. Je gêne votre passage.

– Oh non, mademoiselle, je vous en prie. Vous ne me gênez pas du tout.

– J'ai oublié mon mouchoir, dit-elle pour s'excuser d'essuyer son visage dans sa manche.

Cet aveu me trouble. Son mouchoir... Elle aussi ! Décidément c'est de famille, cet oubli ! Aussitôt, je tire de ma poche celui que m'a donné Émilien tout à l'heure au cimetière. Je le lui tends :

– Un ami à moi dit qu'une jolie demoiselle ne devrait jamais être sans mouchoir.

– Il a raison, votre ami, répond-elle en acceptant mon offre.

Elle essuie ses larmes, se mouche puis murmure :

– Ce mouchoir, c'est le sien ?

Je rougis un peu et je hoche la tête.

– Je suis bien embarrassée que vous me trouviez là.

– Vous ne devriez pas. Personne ne le saura. J'aimerais vous aider.

À ce moment-là, le petit chat se met à miauler, se frotte à mes bas.

– C'est Ficelle, explique Hortense d'une voix désolée. Un chaton que j'ai sauvé de la noyade pendant ma promenade sur les quais, cet après-midi. Je l'ai ramené en cachette, avec la complicité de ma gouvernante, mais maman l'a trouvé ce soir, sous mon édredon. Elle a menacé de le faire jeter par la fenêtre. J'ai protesté, j'ai pleuré. Vainement j'ai essayé de l'attendrir. Je lui ai promis que je m'occuperais de lui, qu'elle ne le verrait pas, qu'il ne la dérangerait jamais. Elle ne veut rien savoir. J'ai fait valoir que ce serait une compagnie pour moi, que je n'avais pas d'amie depuis que j'avais quitté le couvent, que je me sentais seule à Paris. Mais il n'y a rien eu à faire. Elle a exigé que je m'en débarrasse au plus vite.

Je ne suis pas étonnée. Ma mère à Noisiel dit souvent que les gens qui n'ont pas de cœur avec les bêtes n'en ont pas plus pour les hommes. Mme Désilles m'a semblé si hautaine, si méprisante que je l'imagine volontiers faire jeter un chaton du troisième étage.

Hortense a pris Ficelle dans ses bras. Elle le caresse d'un air triste. Alors, même si je sais que ce n'est pas raisonnable, même si je sais que Margot m'en voudra, même si je sais ma position incertaine, je cède à l'élan de mon cœur et je m'entends dire :

– Je peux m'en occuper, moi, si vous le voulez mademoiselle.

Hortense lève son regard sur moi.

– Bien vrai ? Vous feriez ça ?

Ses larmes sont taries, ses yeux brillent. Ma cousine ! Sa joie, très visible, fait redoubler la mienne.

– Vous le garderiez dans votre chambre là-haut ? Vous le nourririez ? Et je pourrais le voir quand je le voudrais ?

À chacune de ces questions, je hoche la tête.

– Oh comme c'est gentil à vous ! Je vous donnerai tout, du lait, du poisson, et de l'argent pour lui procurer tout ce dont il aura besoin.

Puis elle se tourne vers le chaton et chuchote :

– Tu entends ça, Ficelle ? Mademoiselle va s'occuper de toi ! Et moi je viendrai te voir dès que je le pourrai.

Elle sourit à présent. Son visage s'illumine. Comme ils sont faciles à consoler, les chagrins des demoiselles du boulevard Saint-Germain!

Hortense glisse le chaton dans mes bras, le caresse une dernière fois puis prend mes deux mains dans les siennes en murmurant:

– Merci mille fois, merci du fond du cœur... Comment vous appelez-vous?

– Il faut me dire «tu», mademoiselle. Je m'appelle Léonore.

– Léonore? C'est un très joli prénom!

Elle me sourit puis ouvre la petite porte et disparaît dans l'entrée de service. Je reste seule dans l'obscurité, avec Ficelle dans mes bras. Soudain, une porte s'ouvre à l'étage inférieur. Margot surgit.

– Léonore, souffle-t-elle, mais qu'est-ce que tu fais là? J'étais morte d'inquiétude!

Je chuchote:

– Je viens de rentrer. Madame est couchée?

– Oui! Elle était épuisée. Moi aussi du reste, je monte.

– Est-ce qu'elle a dit quelque chose pour mon absence?

– Non, elle s'est simplement inquiétée en apprenant qu'il y avait eu des incidents dans Paris avec la police, à cause de l'enterrement du journaliste, tu sais celui qui a été tué. Elle a eu peur qu'il te soit arrivé quelque chose.

Soudain Margot approche de mon visage sa chandelle et découvre Ficelle pelotonné dans mes bras.

– Qu'est-ce que c'est que ce chat ? lance-t-elle stupéfaite.

– Chut ! C'est Ficelle.

– Ficelle ? Tu as ramené un chat ici ? Mais c'est défendu ! Si madame l'apprend tu seras renvoyée ! Fiche-le dehors, tout de suite !

– D'abord ce n'est pas mon chat, c'est celui de mademoiselle Hortense. Elle m'a demandé de le garder. Et je lui ai promis que c'est ce que je ferai.

– Mademoiselle Désilles a un chat ?

– C'est un secret. Sa mère ne veut pas en entendre parler. Elle était très affligée. Alors je lui ai promis de m'en occuper.

– Tu es folle ! Comment vas-tu le nourrir ?

– Mademoiselle Hortense apportera ce qu'il faut. Elle viendra lui rendre visite dans notre chambre.

Margot est sceptique. Elle secoue la tête d'un air dubitatif.

– Tu es naïve, Léo ! Une demoiselle ne viendra jamais à l'étage des bonnes ! Tu t'es fait avoir, voilà tout.

– Je t'assure qu'elle viendra, elle l'a promis.

– Les promesses des demoiselles, tu sais, ça ne vaut pas grand-chose. Quand elle aura vu là où on vit, elle n'aura plus envie d'y salir ses belles robes.

Je soupire. Margot a vraiment le don de peindre tout en noir. Je monte l'escalier.

– Nous verrons bien. En attendant, Ficelle dort avec nous ce soir !

Margot râle un peu, pour la forme, mais elle est bien obligée de me suivre.

Plus tard, dans mon lit glacial, je réfléchis à ma rencontre avec Hortense. Margot peut dire ce qu'elle voudra, je suis sûre qu'Hortense montera jusqu'ici. Je regarde Ficelle, qui dort paisiblement dans une cagette au pied de mon lit. J'ai perdu le mouchoir d'Émilien mais j'ai trouvé une amie. Et en plus, c'est ma cousine.

# CHAPITRE XIII

Le lendemain, je me rends le cœur battant au deuxième étage. Madame m'accueille avec un sourire plein de sollicitude.

– Léonore, vous voici ! J'espère que votre mère va mieux.

– Beaucoup mieux, merci madame.

– N'avez-vous pas eu de difficulté à rentrer ? On dit que l'enterrement de ce journaliste, à Neuilly, a déplacé une foule considérable et que les fiacres étaient pris d'assaut.

– Je suis rentrée à pied, c'est pourquoi j'étais en retard. Je prie madame de bien vouloir m'excuser.

Mme de la Roche me fait signe que c'est une affaire entendue et je rejoins Margot en cuisine, trop heureuse de m'en tirer à si bon compte.

Gilbert, le cocher, boit un bol de café fort. Il a déposé sur la table le journal *Le Siècle* qui annonce en gros caractères : « Plus de cent mille personnes à l'enterrement de Victor Noir ».

Je parcours l'article. Le journal parle de la foule qui s'est massée à l'enterrement du journaliste assassiné. De son recueillement. De sa colère aussi. Apparemment, l'appel au calme de Rochefort a été entendu : seules quelques bagarres sans gravité ont eu lieu avec les forces de l'ordre dans la soirée, sur le boulevard de Belleville et à Montmartre. La modération de Rochefort a surpris. Le rédacteur de *La Marseillaise* est connu pour son sang chaud, ses emportements : n'est-il pas surnommé « l'homme aux trente duels et aux vingt procès » ? Gilbert me fixe tandis que je lis le journal.

– Alors Léo, ça t'intéresse ce que raconte ce canard ?

Je hausse les épaules. Je feins l'indifférence mais je ressens une vraie fierté à l'idée d'être une des cent mille personnes dont parle le journal. Bien sûr, la foule est anonyme et mon nom n'apparaît nulle part. Mais c'est la première fois qu'un article relate un événement auquel j'ai assisté. C'est nouveau, cette impression d'être entrée dans mon siècle, de lui appartenir, de participer à sa marche !

– Il paraît que c'était un sacré rassemblement hier pour le journaliste ! Comprends pas que la foule soit pas descendue aux Tuileries. Cent mille personnes en colère, ça vous renverse un gouvernement ! Depuis le temps que Rochefort veut en finir avec l'empereur.

Je me mords les lèvres pour ne pas répondre. Je me souviens de la prédiction d'Émilien : à quoi bon précipiter la chute de l'empereur ? La maladie qui le ronge en viendra à bout assez vite, ce n'est qu'une question de mois, peut-être de semaines. C'est Margot qui fait taire Gilbert. Elle n'aime pas qu'on parle politique en cuisine, ça ne nous regarde pas et puis si les maîtres entendaient ça... D'ailleurs Gilbert doit emmener madame au Bon Marché, il ferait mieux de partir.

– Et nous, ajoute-t-elle, nous ne manquerons pas de travail cet après-midi : madame reçoit pour le thé les voisines du troisième et du quatrième.

– Madame Désilles ? Avec sa fille ?

Margot hausse les épaules.

– Bien sûr ! Tu ne comptes quand même pas lui amener son chat ?

Je ne réponds rien. Margot peut se plaindre, je sais qu'elle a bon cœur, elle ne mettrait pas Ficelle dehors. Ce matin, tandis que nous quittions la chambre, elle s'est même enquise de savoir ce qu'il mangerait, le pauvre minou. J'ai répondu qu'il fallait qu'il apprenne à chasser et qu'il y avait sans doute assez de souris à l'étage des domestiques pour qu'il fasse ses griffes.

J'ai aussi laissé la lucarne entrouverte pour qu'il puisse se promener sur les toits à sa guise. Margot a maugréé. Elle dit qu'il fait trop froid dehors et qu'on gèlera ce soir dans la chambre. Mais elle ne l'a pas refermée. De toute façon, on gèle déjà, ça ne fera pas grande différence.

Quand les invitées de Mme de la Roche arrivent à cinq heures, nous nous tenons très droites dans nos tabliers amidonnés sur le seuil de l'appartement. L'usage veut que nous gardions les yeux baissés, si bien que je reconnais d'abord Hortense à ses chaussures, des petites bottines en chevreau, fermées par des rubans de satin rose. Autour d'elles, d'autres chaussures témoignent de l'élégance des invitées, de leur richesse. La voix de Mme Désilles s'élève :

– Comme c'est aimable à vous de nous recevoir, chère amie ! Nous avons passé la matinée chez la couturière pour Hortense. Mon Dieu que c'est épuisant de les habiller à cet âge-là ! Mais enfin, il faut ce qu'il faut comme on dit, car elle fera bientôt son entrée à la cour.

Les invitées se récrient. Je lève les yeux vers Hortense, elle rougit, semble embarrassée. Mais lorsque ses yeux rencontrent les miens, elle esquisse un sourire.

Toute l'après-midi, Margot et moi nous relayons, les mains chargées de plateaux où s'empilent les brioches, les gâteaux, le thé, le chocolat. Parfois je croise le regard d'Hortense et elle a toujours pour moi une expression d'amitié qui me fait chaud au cœur. Les tasses se remplissent, les théières se vident, des miettes tombent sur les nappes, sur les tapis, et je songe au travail que nous aurons ensuite, Margot et moi, pour tout remettre en ordre avant la nuit. Je saisis des bribes de conversation :

– C'est inouï, cette dentelle ! Un franc quatre-vingt-dix dites-vous ? C'est donné !

– Je l'ai trouvée au Bon Marché !

– Ce magasin me rendra folle ! (un soupir)

– Il nous ruinera ! (des rires)

– Moi j'ai acheté cet éventail au Printemps ! (des exclamations, tandis que l'éventail passe de main en main)

– Quelle beauté ! C'est de la nacre ?

– Cette voilette en chantilly était un peu chère, cinquante francs, mais il paraît qu'on ne portera que ça au printemps !

– Et comme le bleu va bien à Hortense !

– L'impératrice a un nouveau petit chien !

– Étiez-vous au bal donné chez les Forestier ?

– Il paraît que la petite des Grandlieu va épouser le duc de Farenbourg ! (des « ah ? » de surprise, des applaudissements)

Je suis stupéfaite. Un homme a été assassiné par un parent de l'empereur. Deux cent mille Parisiens se sont rassemblés pour crier leur indignation. Le régime vacille. Et on parle d'éventail en nacre et de voilette en chantilly ? J'ai envie de crier comme Rochefort : « Peuple français, est-ce que décidément tu ne trouves pas qu'en voilà assez ? ».

137

Et je sens bouillir en moi une révolte contre ces nantis, ces bourgeoises bien assises qui parlent chiffons et bal quand un homme a été assassiné. Je pense à Émilien aussi, à sa fierté, à son goût de la liberté. S'il entendait cela... J'ai honte d'être là, avec mon plateau à brioche et mon service en argent, tandis qu'il se bat quelque part dans Paris. J'éprouve un peu de fierté aussi. Tout ce que je sais, tout ce que je devine des événements à venir, me donne une supériorité sur ces dames bien nées. Je suis leur servante mais je suis plus lucide, peut-être plus intelligente qu'elles. Moi je sais, j'ai vu. Je devine la fin de leur monde, le renversement de leurs positions quand elles affichent une insouciance qui leur sera fatale, peut-être.

– Eh bien tu rêves ?

Margot me surprend dans la cuisine, les yeux dans le vague.

– Elles partent. Il faut apporter les manteaux.

Je m'exécute. Mais soudain, dans le long corridor, je croise Hortense.

– Comment va Ficelle ? murmure-t-elle.

– Très bien mademoiselle. Il chasse.

– Je viendrai ce soir. Papa et maman vont à l'opéra, glisse-t-elle à voix basse.

Je hoche la tête. Ce soir ? J'ignore tout de l'heure à laquelle je serai de retour sous les toits. Mademoiselle Hortense ne se doute pas que les miettes laissées négligemment derrière elle, les tasses sales, les traces de terre sur les tapis retarderont l'heure de mon coucher. Je n'ose rien dire. Je rejoins le hall et tends à Mme Désilles sa pelisse en fourrure.

Le soir même, Margot et moi quittons le logement de Mme de la Roche à dix heures. Lorsque nous ouvrons la porte de notre chambre, nous sommes saisies par un courant d'air glacial. La lucarne, toujours ouverte, laisse passer le froid de la nuit d'hiver.

– Ficelle? Ficelle?

Je cherche partout le chaton tandis que Margot referme la fenêtre en pestant. Elle me montre la bassine dans laquelle nous faisons notre toilette. L'eau a gelé. Je me sens un peu coupable et je propose à Margot de lui donner ma couverture pour la nuit.

– Et comment tu feras, toi, niguedouille? Quand tu seras malade, nous ne serons guère plus avancées!

Je veux protester lorsque soudain on frappe à la porte. Margot me dévisage. C'est Hortense, j'en suis sûre! Je range rapidement les quelques objets qui gisent à terre, tire le couvre-lit, cache la bassine. Rien à faire: notre chambre paraît toujours aussi misérable. Margot ouvre la porte précautionneusement et laisse entrer Hortense. Elle a enfilé une cape et porte un grand panier d'osier sous son bras.

– Mademoiselle! proteste Margot. Mais que diraient vos parents s'ils vous voyaient là? C'est pas convenable pour une jeune fille de vot'rang de venir par chez nous!

– Je viens voir Ficelle, répond Hortense à mi-voix.

À ce moment-là, le chaton apparaît de dessous l'armoire, couvert de poussière. Hortense s'en amuse. Elle le prend dans les bras et lui parle avec tendresse. Margot et moi, debout, les bras ballants, assistons à leurs retrouvailles. Margot bâille. Je devine qu'elle n'attend qu'une chose : qu'Hortense s'en aille et qu'on puisse enfin se coucher. Mais Hortense ne semble pas avoir envie de partir. Elle s'assoit sur mon lit, joue avec Ficelle. Puis, elle lève son regard vers nous.

– Qu'il fait froid ici ! s'exclame-t-elle.

Elle frissonne, souffle sur ses doigts.

– Est-ce bien ici que vous dormez ?

– Oh ! on est très bien d'habitude, s'empresse de répondre Margot. Simplement, Léonore a laissé la lucarne ouverte toute la journée pour que votre chat puisse s'amuser sur les toits...

– Je suis navrée. Je vous apporterai des couvertures la prochaine fois. Et des édredons.

Son regard fait le tour de la chambre, de ses murs nus, de son mobilier rudimentaire. C'est absurde mais cet examen m'humilie. Pourquoi faut-il avoir honte devant les maîtres des conditions dans lesquelles eux-mêmes nous ont placées ?

– Je n'étais jamais venue à cet étage, remarque Hortense d'une voix blanche. C'est incroyable ! Je connais tout Paris, je suis allée à l'autre bout de la France, au bord de la Méditerranée, je suis même allée à Rome – une fois. Pourtant j'ignorais tout de cet étage, situé à quelques pas de chez moi.

Je baisse les yeux. Je déteste la pitié. C'est une injure à ma fierté. Pourtant Hortense parle sans dédain, sans hauteur. Et puis je n'aimerais pas non plus qu'elle fasse comme si de rien n'était, qu'elle joue avec Ficelle en ignorant le froid de notre chambre, notre pauvreté. L'indifférence, c'est encore pire que la pitié. Il y a un long silence et c'est Margot qui le rompt.

– Vous ne devriez pas rester là, mademoiselle. Vous allez prendre froid.

– Oh laissez-moi passer un peu de temps avec Ficelle encore. Toute la journée, j'ai pensé à lui. De savoir que je le verrais ce soir, ça m'a donné du courage. Pour les essayages chez la couturière, le thé chez madame de la Roche.

Du courage ? Je me demande bien quel genre de courage il faut pour aller essayer des robes et manger de la brioche. Mes parents de Noisiel avaient besoin de courage pour aller à l'usine tous les matins, pour travailler dur et nous faire vivre dignement. Rochefort a eu besoin de courage pour provoquer un Bonaparte en duel. Les proscrits de l'Empire ont fait preuve de courage en choisissant l'exil. Je me dis que l'on ne se fait pas du courage la même idée selon l'endroit où l'on est né et où l'on a grandi.

Mais Hortense poursuit :

– Je suis si timide. C'est une épreuve de me rendre chez des gens que je connais à peine. Je ne sais jamais que dire, que faire… Ma mère dit que l'on n'attend pas d'une jeune fille de mon rang qu'elle parle, qu'elle donne son avis et qu'il suffit que je me tienne droite et que je sourie quand on m'adresse la parole. Elle a peut-être raison. N'empêche, ça reste une épreuve pour moi. Oh vous ne direz rien n'est-ce pas ? demande Hortense en levant vers Margot ses yeux suppliants. C'est que Léonore a été si gentille en acceptant de garder Ficelle ! J'aurais été si malheureuse de le savoir seul, abandonné dans Paris. Attendez !

Elle ouvre son grand panier d'osier.

– J'ai apporté du lait pour Ficelle. Et des harengs. Et pour vous, des fruits confits et de la brioche.

– C'est très gentil mademoiselle mais on ne peut pas accepter. Votre mère serait furieuse si elle apprenait...

– Ma mère n'en saura rien. Et puis je vous dois bien ça.

Margot s'obstine à refuser. Je lui donne un coup de coude et m'exclame :

– Mais si, nous acceptons. Merci mademoiselle !

Elle sourit.

– Il faut m'appeler Hortense.

Margot s'incline profondément comme elle le ferait devant l'impératrice :

– Merci mademoiselle Hortense !


Lorsque Hortense rentre chez elle, Margot et moi sommes épuisées. Mais nous ne résistons pas à l'envie de goûter les douceurs qu'elle nous a apportées. D'ailleurs, il est interdit de garder du sucre dans les chambres, ça attire les souris. Alors, à la lumière des bougies, nous avalons avec gourmandise les fruits confits et la brioche aux raisins secs pendant que Ficelle se régale de ses harengs. Jamais je n'ai mangé de telles friandises. Même les pommes d'amour à la foire de Noisiel n'étaient pas aussi bonnes! Margot se régale autant que moi et ce festin partagé scelle notre amitié. Pendant quelques instants, nous oublions le froid et la fatigue.

Nous bavardons, nous rions, tant et si bien qu'une domestique du quatrième finit par cogner au mur en nous demandant de faire moins de bruit. Elle se plaint que nous l'empêchons de dormir. C'est que, à l'étage des bonnes, les murs sont fins comme du papier journal.

Quelques instants plus tard, allongée dans mon lit de fer-blanc, repue, les coudes repliés sous ma tête, je demande à Margot :

– Ces Désilles, au troisième, sais-tu s'ils ont toujours habité ici ?

– Oh, moi je suis arrivée il y a quatre ans, alors je les ai toujours connus. Il faudrait que tu demandes ça à Gourdel...

– Gourdel ?

– C'est le concierge, la mémoire vivante de l'immeuble. Il pourra te dire... Il sait tout, sur tout le monde. Pas étonnant. À force de musarder dans les couloirs à écouter aux portes...

– Il écoute aux portes ?

– Toutes ! Toutes les portes, celles des maîtres comme celles des domestiques. Si une nouvelle lui échappait, il en ferait une jaunisse. Tiens, même Ficelle. Je suis sûre qu'il sait qu'il vit là, au sixième étage.

Elle réprime un bâillement, se retourne dans son lit.

– Va lui demander le courrier demain. C'est toujours l'occasion de bavarder un peu. Mais fais attention ! Gourdel se méfie des domestiques. Il n'a d'yeux que pour les maîtres, les bourgeois, « les gens de bien » comme il dit…

Je remercie Margot qui s'endort d'un seul coup. Moi aussi je voudrais dormir. Mais la pensée de mes parents me tient éveillée. Pas les Désilles. Les autres, ceux de Noisiel. Pas de nouvelles depuis quinze jours. Ils doivent croire que je les ai oubliés. Demain, il faut que je leur écrive… Et puis quand tout cela sera fini, quand je rentrerai enfin chez nous, je leur apporterai des fruits confits et de la brioche. Nous nous régalerons alors, en famille.

# CHAPITRE XIV

*Paris, boulevard Saint-Germain
14 janvier 1870*

Mon cœur bat fort le lendemain, quand je descends chercher le courrier de madame. Je n'ai jamais vu Gourdel que de loin. Je l'entends parfois qui vocifère dans la cour intérieure quand l'une des bonnes jette par la fenêtre de la cuisine des eaux sales ou des épluchures. Je le vois aussi, dans le hall, devant le grand escalier des maîtres, celui que je n'ai pas le droit d'emprunter, avec son tapis rouge retenu par des tringles de cuivre, son éclairage aux becs de gaz et sa rampe d'argent. Il astique les marches de marbre avec un soin méticuleux. Un jour que je me suis attardée devant la grande porte vitrée qui ouvre sur l'entrée des maîtres, il m'a renvoyée avec un geste sec de la main, en me faisant signe de m'éloigner.

Lorsque je me présente devant la loge du concierge, je subis d'abord l'examen de Mme Gourdel. C'est une femme très grosse, coiffée de rubans. Elle est assise dans son fauteuil, ses mains épaisses croisées sur son ventre à ne rien faire. Elle m'examine longuement, des pieds à la tête.

– Seriez pas la nouvelle petite bonne du second?

– Si fait, c'est moi.

– Eh bien, il faudra apprendre à vous coiffer, mon p'tit. Madame la comtesse n'aime point le personnel négligé.

Je suis à deux doigts de lui dire que Mme la comtesse ne m'a jamais fait la moindre remarque sur ma coiffure mais je me retiens. La loge est une petite pièce, très encombrée, avec des tapis roses, des pots de fleurs, des glaces, un mobilier imposant. Par une porte entrouverte, on aperçoit la chambre à coucher avec son lit massif couvert d'édredons grenat. Ça sent l'opulence sans distinction, le confort sans élégance. Un perroquet, dans une cage, mange des graines et expédie les coques à mes pieds.

– Madame souhaiterait savoir s'il y a du courrier pour elle, dis-je aussi poliment que possible.

– Est-ce madame qui t'envoie? demande Mme Gourdel, méfiante.

– Naturellement! Qui d'autre?

Elle s'extrait de son fauteuil en bougonnant et dit:

– Le courrier, je ne m'en occupe point. C'est le travail de monsieur Gourdel. Tu repasseras.

– Je... je voulais aussi vous demander quelque chose... Voilà, c'est à propos des habitants du troisième.

– Monsieur et madame Désilles ?

– Oui. Je me demandais si, par hasard, vous savez qui a vécu dans cet appartement, avant qu'ils y emménagent.

Mme Gourdel se redresse, visiblement choquée par ma question.

– Qui ? répète-t-elle d'un ton pincé. Ah ! Ça alors ! Tu ne manques pas de toupet par exemple ! Est-ce que tu crois qu'une petite bonne a à savoir ces choses-là ?

– Oh ! c'était juste par curiosité. Comme on dit que vous savez tout ce qu'il se passe ici...

– Bien sûr que je le sais ! J'habite cette maison depuis plus de vingt ans. Tu n'étais pas née que j'étais déjà ici. Mais je sais tenir ma langue, moi ! Je garde mes secrets...

– Pardon. Je ne savais pas que c'était secret.

Je suis surprise par la réaction de Mme Gourdel. Je trouve ridicule ce mouvement scandalisé de dignité offensée. On dirait que j'ai tenté de lui extorquer le code de son coffre-fort. Mais je comprends une chose : l'appartement du troisième cache bien un secret, un secret que personne n'a intérêt à divulguer. Le silence qui suit cet échange nous plonge toutes les deux dans l'embarras.

– Ah voilà justement monsieur Gourdel !

M. Gourdel vient d'entrer dans la loge. C'est un homme de petite taille, les sourcils broussailleux, constamment froncés. Il me jette un coup d'œil rapide puis se tourne vers sa femme :

– Qu'y a-t-il, madame Gourdel ?

– La petite vient chercher le courrier de madame la comtesse, dit sa femme en me désignant d'un coup de menton.

Elle prononce ce mot « comtesse » avec une délectation sensible ; on dirait que le prestige de ce titre retombe un peu sur elle.

– C'est madame la comtesse qui l'envoie ?

À nouveau cette méfiance, comme si les domestiques étaient toujours en train de préparer un mauvais coup. Sa femme hausse ses grosses épaules.

– À ce qu'elle dit...

Gourdel se dirige alors vers un secrétaire, saisit une clef dans la poche de son pantalon, ouvre la serrure avec une infinie précaution. Dans le meuble, il y a d'autres clefs, plus petites. L'une d'elles ouvre un petit tiroir à gauche d'où jaillissent quelques enveloppes. Il s'en saisit, vérifie l'adresse, observe les cachets au dos. Puis il me les tend.

– Dites donc, n'auriez pas apporté un chat là-haut, par hasard ?

Je secoue la tête.

– J'espère qu'on vous aura prévenue que les bêtes étaient interdites à l'étage. Ni bêtes, ni garçons, c'est clair ? Je suis intraitable sur ce point du règlement. Madame la comtesse, sans doute, vous aura prévenue.

J'acquiesce. Madame n'a jamais évoqué devant moi un quelconque règlement. Cette idée doit lui tenir à cœur car il poursuit sur un ton sentencieux, le doigt levé vers le plafond :

– C'est une maison de grande moralité ici ! De grande respectabilité ! N'importe qui ne peut pas y entrer ! Ou sinon je le fiche dehors, vous m'entendez ? Oui, je le fiche dehors !

– J'entends bien, monsieur Gourdel...

– Ni bêtes, ni garçons ! répète-t-il d'une voix criarde. C'est une question d'honneur. D'ailleurs, on ne me trompe pas comme ça, je veille, ma petite, oui je veille et je surveille, répète-t-il en plissant les yeux. Qu'une petite bonne malhonnête ose passer la porte, je le sentirais tout de suite. J'ai du flair pour ces choses-là, n'est-ce pas madame Gourdel ?

Il tapote son nez pour illustrer ses dires. Mme Gourdel hoche la tête. Je reste muette. Ce n'est pas que le concierge m'impressionne. Avec ses grands airs et ses leçons de morale, je lui trouve plutôt un côté bouffon, un peu ridicule. Mais je comprends que je n'en tirerai rien, que jamais un tel homme ne lâchera quoi que ce soit à une « petite bonne », comme il dit. Je remercie et je disparais dans l'escalier, l'autre, celui qu'il n'astique jamais.

Mme Gourdel m'a affirmé qu'elle savait garder sa langue. Pourtant ce soir-là, quand madame me convoque dans son cabinet après le souper, je devine que les précautions de Mme Gourdel ne s'appliquent pas de la même façon pour les maîtres et les domestiques.

– Léonore, j'ai croisé madame Gourdel dans les escaliers ce soir. Est-il vrai que vous vous êtes rendue à la loge pour y chercher mon courrier ?

– Oui, madame. Margot ne pouvait pas s'en charger à cause du dîner qu'il fallait préparer, alors je lui ai proposé d'y aller à sa place.

– Je comprends et vous avez bien fait. Cependant monsieur Gourdel est un homme scrupuleux, il aime s'assurer que la personne qui vient chercher le courrier a bien été mandatée. C'est son travail.

Je hoche la tête. Je me demande où elle veut en venir.

– Êtes-vous sûre, Léonore, que c'est seulement mon courrier que vous êtes allée chercher ce matin à la loge ?

La question me prend au dépourvu. Je reste interdite.

– Madame Gourdel m'a dit que vous lui avez posé une question au sujet des Désilles.

Je sens mes joues s'empourprer. Comment justifier auprès de ma patronne cette curiosité à l'égard de l'appartement du troisième étage ? Je demeure muette.

– Bien sûr, il serait fâcheux que cela se sache… continue Mme de la Roche d'une voix blanche. Je n'aimerais pas que madame Désilles imagine que mes domestiques mènent une enquête sur sa personne. Comprenez-vous, Léonore?

– Je comprends très bien, madame. Je suis désolée...

– Aussi, si vous avez des questions, je préférerais que vous me les posiez. Peut-être pourrais-je vous éclairer. Ceci, à condition bien sûr que vous me révéliez les raisons pour lesquelles vous vous intéressez de si près aux Désilles.

– Oh! C'était par... par pure curiosité.

Je mens. Je mens et elle le sait. Elle me regarde dans les yeux et déclare:

– Léonore, vous ne le croyez peut-être pas, mais vous pouvez me faire confiance. Je suis attachée, et pour mille raisons, à la famille Désilles.

J'hésite à parler. J'aimerais le faire. Après tout, Mme de la Roche m'a toujours montré beaucoup de gentillesse. Je ne sais ce qui me retient de lui raconter mon histoire. Peut-être est-ce une méfiance instinctive pour les maîtres, pour ceux qui ne sont pas du même « bord » ? Quel bord d'ailleurs ? Je ne sais plus exactement quel est le mien... Et puis, quel mal pourrait-il en découler ? Dans le pire des cas, elle ne me croira pas. Dans le meilleur, elle m'aidera. Et je n'ai nul autre appui.

– C'est que je dois remettre quelque chose à madame Désilles. Mais pas celle qui vit actuellement au troisième. L'autre, celle qui résidait là avant.

151

Mme de la Roche fronce les sourcils. Elle semble intriguée. Et inquiète.

– Quelque chose ? Et quoi donc ?

– C'est un drap de batiste. Il porte les chiffres de la famille Désilles.

– Et comment cet objet est-il parvenu jusqu'à vous ?

– C'est une nourrice qui me l'a remis. La nourrice qui s'occupait de leur petite fille.

Mme de la Roche me dévisage. Elle a blêmi. Elle porte la main à sa bouche et souffle :

– Mon Dieu…

Puis elle se lève et va doucement fermer la porte de son cabinet. La pièce est plongée dans un clair-obscur qui m'enhardit un peu.

– Asseyez-vous, souffle Mme de la Roche.

Je prends place sur le petit cabriolet qu'elle me désigne. Cela me fait tout drôle. Jusqu'ici, je suis toujours restée debout devant madame. Pour la première fois, je suis à sa hauteur, je peux lui parler face à face, les yeux dans les yeux.

– J'ai promis à cette dame de remettre le drap à monsieur et madame Désilles. Mais j'ai compris que ceux qui habitent aujourd'hui au troisième ne sont pas les parents de l'enfant au drap de batiste.

– C'est vrai… murmure Mme de la Roche. Charles Désilles est le frère d'Henri qui vivait ici autrefois.

Son frère ? Mon cœur cogne fort dans ma poitrine. Mon père n'est pas l'homme du troisième ? Émilien a donc raison ? Même si cette éventualité occupe toutes mes pensées, nourrit tous mes espoirs depuis des jours, j'ai du mal à réaliser que cela est vrai. Que j'en tiens enfin la confirmation. Pourquoi mon esprit renâcle-t-il tant à le croire ? C'est que pour nous autres, ouvriers, domestiques, oubliés de la fortune, la vie se montre si rarement bonne que la moindre nouvelle, quand elle est heureuse, nous semble encore un rêve. Je bredouille :

— Savez-vous… savez-vous où je pourrais le trouver maintenant ?

— Il est exilé. Lorsque Napoléon III a pris le pouvoir, suite au coup d'État du 2 décembre 1851, il a fui. Ses opinions politiques ne s'accordaient pas avec le régime en place.

Mon père est vivant. Mon père est vivant et c'est un héros. Chacune de ces paroles entre dans mon cœur où je les reçois avec une fierté, une joie sans égale. Il me plaît de penser qu'Émilien avait raison. Il me plaît aussi de sentir, dans la voix de Mme de la Roche, un accent de respect et d'estime pour mes parents.

— Ce que je vous dis là est très confidentiel, m'entendez-vous Léonore ?

— Oui madame, je suis très honorée de votre confiance, je vous remercie.

— L'actuel monsieur Désilles, celui qui vit au troisième, a interdit qu'on évoque devant lui son frère, ce réprouvé. Monsieur Désilles a des responsabilités, il est député. Le souvenir de son frère est une tache, une gêne dans sa carrière politique. Je n'ai rien contre monsieur Désilles. Nous sommes voisins. La courtoisie, si ce n'est l'estime, nous oblige à une cordialité qui ne me coûte point. Cependant, je n'ai pas oublié Henri Désilles. Ni son adorable épouse, Gersende. C'étaient des amis. Connaissez-vous Guernesey ?

Je me souviens de ce que m'a dit Émilien. Je répète de mémoire.

– C'est une île anglaise, je crois ?

– Exactement, Léonore. C'est une île anglo-normande, située dans la Manche, au large des côtes françaises. C'est là que vivent les proscrits, les exilés de l'Empire et parmi eux le plus célèbre, Victor Hugo. Je n'ai pas l'adresse de monsieur et madame Désilles, et je vous déconseille de leur écrire. Le courrier est surveillé, il est ouvert. Si vous voulez me donner le drap de batiste, je le garderai précieusement. Je vous le promets.

Je n'ai aucune raison de me méfier de madame. Ne m'a-t-elle pas parlé avec une confiance rare pour une maîtresse envers ses domestiques ? Pourtant, quelque chose en moi se cabre à l'idée d'être dépossédée de cette étoffe, le seul souvenir que j'ai de mes parents, la seule preuve de mes origines.

– Je vous remercie madame. Je préfère le rendre à la nourrice.

Mme de la Roche est surprise. Un peu déçue aussi, sans doute. Mais je n'en ai pas fini. D'autres questions brûlent ma langue.

– Cette enfant, celle qui était chez la nourrice, sait-on ce qu'elle est devenue ?

– Mais voyons, elle est à Guernesey, avec ses parents ! Aujourd'hui, elle doit avoir dix-sept… dix-huit ans peut-être. Oui, ce doit être une jeune fille. Avant de partir, ils ont envoyé un émissaire la chercher, à la campagne. La nourrice a dû vous raconter tout ça. L'homme a ramené l'enfant à Granville où monsieur et madame Désilles l'ont récupérée avant de prendre le bateau. Pauvre petite ! C'est bien malheureux de grandir loin de son pays ! Enfin, au moins a-t-elle l'affection de ses parents. Et pour un enfant, c'est tout ce qui compte, n'est-ce pas ?

Elle est à Guernesey ? Ils l'ont envoyée chercher ? Ils ne sont pas partis sans elle ? Cette nouvelle est un coup de tonnerre. Un instant, il me semble que mon cœur s'arrête de battre. Je ressens d'abord une joie immense à l'idée que mes parents ne sont pas partis sans moi. Ils ne m'ont pas abandonnée, ils m'ont fait chercher ! Ils m'aimaient donc ! Mais cette joie est mêlée de stupeur et d'effroi. Qui est cet émissaire qui les a trahis ? Pourquoi n'est-il pas allé jusque Noisiel ? Pourquoi m'a-t-il remplacée par une autre ? Quelle est cette jeune fille qui grandit près de mes parents ?

Je sens mes mains devenir moites, des gouttes de sueur doivent perler à mon front. Je m'essuie discrètement avec mon mouchoir. Je crains de laisser deviner mon angoisse. Mais Mme de la Roche ne prête pas attention à moi. Elle s'enfonce dans sa rêverie, elle garde les yeux dans le vague.

Elle parle toujours à voix basse, dans un souffle. On dirait à présent que c'est à elle-même qu'elle s'adresse. Ou bien à des absents, à des ombres... Il fait presque nuit maintenant. Le soleil du boulevard disparaît derrière les épais rideaux de velours. C'est à peine si je distingue encore le visage de madame. J'entends sa voix mais elle est moins nette maintenant, comme si elle s'enfonçait dans la douceur des tapis, comme si elle était amortie par le moelleux des étoffes.

– Mon Dieu, le temps a passé... murmure-t-elle. Et pourtant, il ne se passe pas un jour où je ne pense à cette famille. Henri Désilles était... (elle a un sourire en y songeant) un gentilhomme, oui un gentilhomme de l'ancien temps, plein d'attentions exquises pour sa femme. Et Gersende était une femme de lettres, une femme de goût, un être à l'âme vaste et profonde. Rien à voir avec la vanité de sa belle-sœur. Enfin, je ne devrais pas vous dire tout cela. C'est si loin maintenant, si loin... Mais je me souviens comme si c'était hier de cette nuit où on est venu les arrêter. Des hommes qui frappaient à leur porte. Des cris. Gourdel derrière, caché dans l'ombre, et qui craignait pour la réputation de la maison. Ils n'étaient pas là. On les avait prévenus. Ils s'étaient réfugiés chez des amis. Du reste, ils n'étaient pas les seuls. Il y eut, pendant cette semaine funeste, trente mille arrestations. Des opposants au régime furent déportés en Algérie, ou au bagne de Cayenne. D'autres furent fusillés. Certains hommes, introuvables, furent frappés de proscription par décret présidentiel. C'est le cas d'Henri Désilles (un silence, suivi d'un soupir). Ah! Pardonnez-moi Léonore de vous dire tout cela. Le temps a passé... mais il est difficile de vivre dans un souvenir et de le garder pour soi.

Je reste silencieuse, immobile. Je voudrais retenir ces mots pour me les réciter plus tard, pour mieux les comprendre aussi : « Henri était un gentilhomme », « une âme vaste et profonde ». Ce sont des grands mots. Je ne sais pas exactement ce qu'ils signifient mais ces paroles me remplissent d'une grande fierté. Je voudrais aussi lui dire que je sais ce que c'est que de vivre avec un secret et de ne pouvoir jamais en parler. Mais je n'ose pas. J'ai l'impression qu'il y a un abîme entre la domestique que je suis et la fille d'Henri et Gersende Désilles. Un abîme si large, si profond, que je ne pourrai l'enjamber sans tomber. Et il arriverait la même chose à Mme de la Roche si elle faisait un pas dans l'autre sens. Alors, nous restons chacune dans le silence, sur nos fauteuils qui se font face comme sur deux rives opposées et soudain elle s'extrait de sa torpeur et dit :
— Allons, ne songez plus à ce drap, ni à votre nourrice. D'ailleurs, c'est l'heure du coucher. Préparez le lit, je vous prie.

# CHAPITRE XV

*Paris, boulevard Saint-Germain*
*15 janvier 1870*

Le lendemain, je me réveille dans un mélange d'excitation et d'inquiétude. Tandis que je me passe de l'eau froide sur le visage je repense à ce que j'ai appris hier. D'une part, Henri Désilles, proscrit sur l'île de Guernesey, est le frère de Charles Désilles qui s'est installé à sa place, dans son appartement. Cela fait de cet homme mon oncle, de sa femme ma tante et d'Hortense ma cousine – cette dernière idée me plaît davantage que les précédentes. D'autre part mes parents ont fui la France avec une enfant qu'ils ont cru être leur propre fille tandis que je restais à Noisiel. Quelqu'un vit à ma place sur cette île que je ne connais pas, quelqu'un reçoit l'affection de mes parents tandis que je suis là, seule, sous les toits de Paris. Cette pensée me fait frémir.

J'ai envie d'écrire à mes parents, de leur dire qu'ils se sont trompés, que je suis leur fille, que je voudrais les connaître. Mais j'ignore si cette lettre leur parviendra. Un proscrit, un ennemi du pouvoir, on doit surveiller son courrier. La police de l'empereur est puissante. D'ailleurs, je n'ai pas beaucoup de facilité à écrire, et mon histoire est si compliquée... Il faut que j'aille à leur rencontre, que je leur dise moi-même la vérité, de vive voix. Cette résolution, je l'ai prise ce matin, en me levant. Bien sûr, je m'effraie un peu de ce que diront mes parents de Noisiel. Mon projet leur paraîtra fou, insensé, et puis, où trouver l'argent ? Mais il est trop tard. J'en sais trop pour ne pas aller au bout de cette histoire, la mienne. Je me rassure en songeant aux paroles de Mme de la Roche, à ce qu'elle a dit de mes parents. Un « gentilhomme », « une âme vaste et profonde », ne me fermeront pas leur porte. Ficelle s'approche de moi, se blottit dans mes bras. Je le caresse et lui souffle à l'oreille :

– Tu vois, Ficelle, je vais quitter Paris. Je vais prendre un bateau et rejoindre Guernesey. Qu'une ouvrière de chocolaterie, une petite bonne qui n'a jamais quitté son pays traverse la mer, aille au-delà de la mer pour retrouver ses parents, cette chose-là, cette chose aventureuse et folle, je la ferai.

– Qu'est-ce que tu racontes ? demande Margot qui vient de se lever.

– Sais-tu combien de temps il faut pour aller à Guernesey ?

– Guernesey ? Connais pas !

– Et pour aller à Saint-Malo ?

– Saint-Malo ? C'est en Bretagne, non ?

Je hoche la tête. Alors Margot me regarde avec gravité. Elle s'approche de moi et me prend la main.

– Tu penses à partir ?

– Oui.

– C'est à cause des Désilles ?

– En partie, oui.

– Que t'a dit Gourdel ?

– Gourdel ne m'a rien dit. Mais madame m'a parlé. Un certain Henri Désilles vivait ici avant le coup d'État de l'empereur. Au troisième. Il est en exil, sur une île qui s'appelle Guernesey, au large des côtes normandes. Il faut que je le retrouve.

– Mais pourquoi ?

– Si je te le disais, Margot, tu ne me croirais pas. Tu penserais que j'invente.

– Je te jure que non.

– Un jour je te raconterai tout.

– C'est à cause du drap de batiste blanc, c'est ça ?

Je hoche la tête.

– Oui, c'est un peu à cause de cela.

Je pourrais tout lui raconter. Mais je n'y arrive pas. Mes lèvres restent closes. Je ne sais pas ce qui me retient. Peut-être que j'ai peur que cette révélation brise sa confiance. Je n'aimerais pas qu'elle voie en moi une fille de l'autre bord, une demoiselle. Margot doit deviner ma réticence.

Elle reste un moment silencieuse puis elle lance d'une voix énergique :

– Il faut y aller ou bien nous allons être en retard !

– Tu as raison... Quand même, je me demande combien ça coûte, d'aller à Guernesey.

– À mon avis très cher, me répond Margot tandis que nous descendons les escaliers. Les îles c'est loin, ça doit faire un sacré voyage. Surtout pour un drap.

– Il faut que je trouve des sous maintenant.

– Si tu économises un peu tous les mois, tu réussiras à mettre de côté. Dans un an ou deux, tu seras sur ton île.

– Un an ou deux ? Mais c'est trop long ! Nous avons déjà perdu dix-huit années qui ne se rattraperont jamais ! Je ne veux pas attendre plus longtemps.

Toute la journée, je retourne cette histoire de billet dans ma tête. Qui pourrait m'aider ? Je pense à Émilien. Ce n'est pas nouveau d'ailleurs. Depuis l'enterrement de Victor Noir, je pense à lui très souvent. En fait : tout le temps. En puisant l'eau, en lavant les chemises de madame, en faisant les vitres, la poussière, la vaisselle, le service. Il est toujours là, embusqué dans un coin de ma tête. J'entends sa voix devant la tombe de Victor Noir, je me souviens de son regard, de sa gaieté, de son baiser sur l'impériale.

Est-ce que lui aussi pense à moi ? Je n'ai pas de ses nouvelles. Je sais que des hommes ont été arrêtés après les échauffourées qui ont suivi l'enterrement de Victor Noir. Mais son nom n'apparaissait pas dans

*Le Siècle*, qui est le journal de monsieur. Pour le voir, pour l'entendre et lui parler, il faudrait que je me rende au siège de *La Marseillaise*. Seulement madame ne me donnera pas de congé avant longtemps. Aussi toute la journée, je suis à l'affût, je guette sa voix sur le boulevard. Quand un vendeur passe, je tends l'oreille, je cours à la fenêtre. Mais c'est *Le Gaulois* ou *Le Messager de Paris* et d'ailleurs les garçons qui crient les gros titres n'ont ni la voix puissante d'Émilien, ni son énergie. Je reprends la lessive. L'eau est si froide que mes mains, très rouges, sont gercées. Je frotte au savon les chemises de madame. À nouveau mon esprit revient vers lui. Parfois, je me dis que j'y pense si fort qu'il est impossible que, de son côté, il ne le sache pas.

Le soir, Hortense nous rend visite. Elle rentre des Tuileries où elle a été présentée à l'impératrice Eugénie. Margot est emplie de respect. Elle est gênée que l'on prononce le nom de l'impératrice dans notre mansarde, comme si la misère de notre chambre pouvait l'entacher. Hortense n'y accorde pas d'importance. Elle dit que l'impératrice est une femme très occupée mais qu'elle a un mot aimable pour chacun.

– Ce doit être beau de vivre là-bas, dit Margot rêveuse.

Hortense caresse Ficelle. Elle a apporté du lait pour lui et pour nous des oranges délicieuses, juteuses et parfumées. C'est la première fois que j'en mange, je me régale.

– Je lui ai trouvé un air triste et dans son regard il y avait une ombre, comme une inquiétude. On dit que l'empereur est très malade. Je me demande s'il pourra régner encore jusqu'à la majorité de son fils. J'en ai parlé à papa qui m'a dit que ce n'étaient pas des réflexions de jeune fille et qu'il convenait que je m'en tienne aux domaines qui m'étaient réservés.

Je devine quels sont les domaines réservés aux jeunes filles de bonne famille. La broderie, la danse, le piano, les arts, la lecture. Je repense à l'enterrement de Victor Noir, à la fièvre de la foule, à la conscience que j'ai eue, ce jour-là, de vivre un événement historique. À la fierté d'y participer. Pour la première fois, je suis heureuse de n'être pas à la place que la naissance m'a assignée. Je me réjouis du destin qui m'a fait naître Désilles mais qui ne m'a pas fait grandir dans le cadre étroit de la bourgeoisie parisienne. Il me semble que je n'aurais pu y respirer à mon aise. Je ne sais pas exactement ce que sera mon avenir, mais je suis certaine de ne pas vouloir me restreindre aux « domaines qui me sont réservés » quels qu'ils soient. Mes aspirations, mes rêves, même s'ils sont encore flous, en déborderaient.

– Que vous a dit l'impératrice ? demande Margot dont la curiosité est piquée.

– Elle a dit que j'étais aussi fraîche et naïve qu'une demoiselle qui sortirait d'un couvent. Je lui ai répondu que c'était le cas et cela l'a fait rire. Elle m'a dit de revenir souvent à la cour, tous les lundis si je le souhaitais. Je suis trop timide pour être ainsi exposée à tous les regards et je préfèrerais rester chez moi. Mais maman y tient beaucoup. Elle dit que c'est un grand honneur que l'impératrice me fait et que cela aidera la carrière de papa.

– Qu'allez-vous faire, alors ?

Ma question semble la surprendre. Elle rit.

– Mais voyons, Léonore, je ferai ce que me demandent mes parents ! Je n'ai pas le choix. Et puis je viendrai ici le soir me consoler en caressant Ficelle. Hein mon chat ?

– Vous en avez de la chance ! s'écrie Margot. Moi je rêverais de servir l'impératrice, d'être employée au palais pour lui apporter son thé ou laver ses bas.

Cette remarque de Margot me fait mal. Elle a si bien intégré son rang qu'elle ne peut s'imaginer autrement qu'en servante, que ce soit dans un immeuble du boulevard Saint-Germain ou aux Tuileries. Elle ne peut pas se rêver princesse, ou dame de compagnie de l'impératrice. Il est temps que je parte, si je ne veux pas borner mes rêves. La servitude, on doit finir par l'avoir dans le sang. Margot ajoute d'un air triste :

– Je sais que ça n'arrivera pas. Vous partirez toutes les deux, et moi je resterai seule ici...

– Mais non voyons ! s'écrie Hortense. Pourquoi dites-vous cela ?

– Parce que c'est ce qui va se passer. Vous, mademoiselle, vous serez aux Tuileries, et Léo sur son île !

– Mon Dieu ? Est-ce vrai Léonore ?

– Oui, je vais faire un voyage. Pour voir ma famille.

J'hésite un peu à prononcer le nom de Guernesey. Pourtant, je suis à peu près certaine qu'Hortense ignore tout de son oncle Henri, que ses parents ont pris soin de taire l'existence de cette branche de la famille qui entache le nom des Désilles.

– Ils sont à Guernesey, c'est une île anglo-normande.

– Guernesey ? N'est-ce pas là qu'est exilé Victor Hugo ?

– Si fait, mademoiselle, c'est là.

– Mon Dieu mais c'est au bout du monde ! Comment allez-vous faire ?

– Bah ! Je me débrouillerai. D'abord j'irai à Saint-Malo. Et de là, je prendrai le bateau.

– Vous, Léonore, prendrez le bateau ? Toute seule ? Et moi qui ne puis pas même traverser le boulevard Saint-Germain sans être accompagnée d'un chaperon ! Pour Saint-Malo, c'est très simple. Il y a un train qui part de Paris. Je l'ai pris il y a deux ans quand papa nous a emmenées voir la mer...

– Vous avez vu la mer, mademoiselle ?

C'est à mon tour d'être admirative. Qu'Hortense ait vu la mer, cette étendue d'eau salée que je peine à me représenter, m'impressionne davantage que sa visite à l'impératrice !

– Oui c'est immense ! Et très mouvementé. À chaque instant elle avance et puis se retire dans un fracas de vagues qui viennent se briser aux pieds des remparts.

– Je n'aimerais pas être en mer. Je crois que je m'évanouirais de terreur, dit Margot.

– Et savez-vous ce qu'il en coûte de rallier Saint-Malo par le train ?

– Non, je ne m'en souviens plus. D'ailleurs papa ne veut pas que je m'intéresse à ces choses-là. Mais j'ai gardé mon billet, que j'ai collé dans mon journal. Je pourrai vous le dire demain, Léonore.

Un instant nous restons toutes les trois silencieuses, assises sur mon lit, épaule contre épaule, au milieu des épluchures d'oranges. Ficelle s'étire. La chambre est toujours laide, toujours froide, pourtant nous y sommes bien. Depuis qu'Hortense y est entrée, on a plus chaud, on s'y sent mieux. Même les murs gris, lézardés, nous ne les voyons plus. Soudain, l'église de Saint-Germain-des-Prés sonne onze coups. D'un bond, Hortense est sur pied.

– Mon Dieu ! Onze heures ! s'écrie-t-elle. Il faut que je rentre avant que mes parents reviennent de l'opéra. Mais je repasserai vous voir demain, c'est promis. Allons, adieu Ficelle ! Bonne nuit toutes les deux ! Faites de beaux rêves.

Et aussitôt Hortense disparaît dans l'escalier. Je prends le chaton dans mes bras. C'est sûr, que je vais faire de beaux rêves...

# CHAPITRE XVI

*Paris*
*8 février 1870*

Cette histoire de billet occupe toutes mes pensées. Hortense a vérifié : il a fallu débourser soixante francs pour qu'elle aille jusqu'à Saint-Malo – mais elle voyage en première classe. Il faut y ajouter le prix de la traversée, que j'ignore. Chaque soir, je recompte mes économies, je calcule ma dépense, j'anticipe sur mes gages. Chaque soir, j'arrive à la même conclusion : je n'aurai jamais assez pour me rendre à Guernesey. Margot a raison : il faudra attendre deux ans, au moins, pour amasser la somme nécessaire. Deux ans... que c'est long ! Qui sait où je serai dans deux ans ! Et puis, je ne peux imaginer demeurer au service de madame aussi longtemps. Mes parents me manquent. J'ai envie de rentrer à Noisiel, de revoir ma famille. Que diraient-ils s'ils apprenaient que je restais à Paris encore deux ans? Une voix, soudain, me tire de mes pensées.

– Demandez *La Marseillaise*! Rochefort arrêté sur ordre de l'empereur! Lisez la protestation signée des chefs républicains dans le journal!

Ce cri! Cette voix... Mon cœur fait un bond. Vite! J'essuie mes mains dans mon tablier et me précipite à la fenêtre. C'est lui. Il a le bras droit tendu, une pile de journaux sous le bras gauche. Il est tourné vers notre immeuble et ses yeux balayent les fenêtres du deuxième étage. Il me cherche! J'ai envie d'ouvrir la fenêtre, de crier son nom, de lui dire que je suis là, que je l'attendais! Mais c'est impossible. Si madame me voyait, m'entendait... Alors, à la hâte j'ôte mon tablier et le donne à Margot.

– Léonore? Mais que fais-tu?

– C'est lui! Je dois descendre! Si madame me demande, je suis allée chercher le courrier.

Margot proteste mais un élan irrésistible me pousse vers l'escalier de service. Depuis des jours, des semaines, j'attends ce moment. Vite, je dévale les marches à toute allure. Le souffle me manque, je sens mon cœur battre la chamade. Sans que je le décide, un sourire s'accroche à mon visage que je ne peux réprimer. Il est venu! Il est venu!

Je passe la porte à vive allure, je traverse la rue, je m'élance vers lui... et je m'arrête net. Un homme d'âge mûr est en train de lui acheter le journal. Ils échangent quelques mots à voix basse. Je trépigne.

Cependant, tandis qu'Émilien s'entretient avec lui, je déchiffre la première page. Tout à ma joie de le revoir, je n'ai prêté aucune attention au titre qu'il proclame. Je lis « Scandale dans les bureaux de *La Marseillaise* ! Rochefort arrêté par l'empereur ». Cette phrase me porte un coup au cœur. C'est donc vrai ! Le cousin de l'empereur, ce criminel, en liberté ! Et Rochefort, qui a réclamé le calme et la paix lors des obsèques de Victor Noir, condamné ! Le client d'Émilien s'éloigne et, sans y songer, je me jette à son cou et je l'embrasse sur les deux joues. Il paraît surpris mais heureux.

— J'ai bien fait de venir boulevard Saint-Germain ! me lance-t-il. Même si je ne vends qu'un journal, j'aurai gagné un baiser !

Je rougis un peu. Il prend ma main et m'entraîne sur un banc à l'écart. Il allume une cigarette. Je le regarde attentivement. J'ai si souvent essayé de me figurer son visage dans mes pensées le jour, dans mes rêves la nuit, qu'il me semble incroyable de l'avoir à présent à mes côtés, en chair et en os.

— Tu connais la nouvelle ?

— Je viens de la lire.

— Ils ont arrêté Rochefort, annonce-t-il d'une voix grave. Ah les scélérats ! Ah ! les lâches ! D'abord, ils l'ont assigné devant un tribunal correctionnel. Rochefort n'y est pas allé, tu parles ! Il était condamné d'avance. Il n'avait pas tort : condamné à six mois de prison et trente mille francs d'amende ! Voilà comment ce gouvernement récompense la modération

171

de Rochefort, lui qui aurait pu, d'un seul mot, d'un seul geste, faire marcher deux cent mille hommes en colère sur les Tuileries! Lui qui ne l'a pas fait! Voilà comme on le sait gré! Et hier, le 7 février, au siège de *La Marseillaise*, à la fin du conseil de rédaction, la police est venue l'arrêter. Il est reparti encadré par deux types en uniforme, comme un voleur, comme un criminel!

– Et personne ne s'y est opposé?

– Il n'a pas voulu! Il a dit «Mes amis, laissez faire le temps! Il nous rendra justice!» Oh! Si j'avais été là, si j'avais été là…

Émilien ne finit pas sa phrase. Il jette rageusement sa cigarette sur le trottoir, l'écrase de son talon. Je n'ose rien dire. Bien sûr, je suis scandalisée par l'arrestation de Rochefort. Mais je suis triste aussi. Et déçue. Dans mes rêves, ce n'était pas comme cela que j'avais imaginé nos retrouvailles. Cette histoire les a gâchées. Je sens Émilien nerveux, en colère. Je ne retrouve pas l'enchantement de l'enterrement de Victor Noir, cette émotion quand nous étions tous les deux devant sa tombe. Je pense à mon ruban noir, à son foulard rouge, sous la terre froide. Qu'en reste-t-il?

– Malheureusement ma belle, je ne peux pas rester, me dit Émilien. Tiens, je te laisse un numéro. Tu le liras.

Je remercie d'une voix blanche. Il se lève d'un bond, m'embrasse sur le front comme le ferait un père, un frère, un bon ami. Puis annonce:

– M'en veux pas de partir si vite! Si je reste chez ces rupins, je ne vendrai pas beaucoup. Or il est temps que le peuple de Paris sache.

Je suis atterrée. Je cherche un moyen de le retenir. Mais lequel? Il ne semble pas disposé à écouter mes confidences sentimentales. Et la vie d'une petite bonne n'a rien de bien excitant. Je cherche quelque chose à dire, quelque chose qui serait digne d'intérêt, quelque chose qui pourrait le retenir. Mes parents! Guernesey! Bien sûr! Je l'attrape par la manche alors qu'il s'apprête à traverser la rue et très vite je dis:

– Je vais partir pour Guernesey.

Ma phrase a fait mouche. Il se retourne, recule d'un pas.

– Bien vrai?

– Oui, je vais retrouver mon père.

Il me dévisage, me sourit. La perspective de ce voyage au pays des proscrits de l'Empire doit m'auréoler d'un prestige nouveau. Il faut donc être une héroïne pour le retenir! Cette pensée ne m'effarouche pas. Au contraire. En cherchant à lui plaire, je me grandis à mes propres yeux.

– Comment vas-tu faire?

– Je vais prendre le train pour Saint-Malo. De là j'embarquerai pour Guernesey.

– Quand?

Quand? Mais quand j'aurai assez d'argent, quand je me sentirai prête, quand j'aurai préparé le voyage, prévenu madame, averti mes parents. Je devine que toutes ces précautions s'accorderont mal avec mon nouveau statut d'aventurière. Alors, pour ne pas le décevoir, pour l'épater même, je lance à brûle-pourpoint :

– À la fin du mois. Dès que j'aurai perçu mes gages et donné mon congé à madame.

Il pose sa main sur son épaule. Mais ce n'est pas un geste de tendresse, plutôt celle d'un bon camarade qui partage vos idées et vous encourage à poursuivre le combat.

– Avant de partir, passe me voir au siège du journal.

Mon cœur se dilate. Il veut me revoir, il veut me saluer. Est-ce que mon départ lui fait de la peine ? Est-ce que je vais lui manquer ? La pensée de nos adieux remue en moi le souvenir du baiser de l'impériale. Je suis émue par anticipation. Je ne peux réprimer un sourire lorsque je lui réponds :

– Je le ferai avec plaisir.

– Merci. J'aurai des papiers à te donner. Il est temps d'informer les proscrits de ce qui se prépare ici.

Je hoche la tête. Je serre les dents. Cette fois, il s'éloigne pour de bon. Il traverse la rue, évite un fiacre. Sur le trottoir opposé, il lève la main et crie :

– À bientôt, Léonore Désilles !

Je fais un signe de tête, puis je me dirige vers l'immeuble. Je sens quelque chose se briser en moi et cela me fait mal. C'était donc ça, nos retrouvailles ? Cet instant volé à la politique, aux scandales, au travail domestique, quelques pauvres minutes arrachées à nos vies si remplies, si différentes ? Et dire que je rêvais de ce moment depuis des jours et des nuits ! Tout à ma tristesse, je pousse sans m'en rendre compte la porte de l'entrée des maîtres. Un cri me fait sursauter.

– Ah, sacrebleu ! Voyez ça ! Voyez ça !

C'est M. Gourdel. Il a les yeux fixés sur mes chaussures. Je n'ose plus faire un pas. Je reste immobile, paralysée, le regard hypnotisé par les motifs compliqués du tapis. Mme Gourdel, alertée par les cris de son mari, sort de la loge, ses papillotes sur la tête, son tricot à la main.

– Quoi donc, monsieur Gourdel ? demande-t-elle d'une voix pâteuse.

– Mais le tapis, voyons, le tapis ! Elle va me le ruiner, cette souillon ! Regardez un peu ça madame Gourdel ! Mais regardez donc ! Ma parole d'honneur, j'étais sûr qu'on aurait des ennuis avec celle-là ! Une bonne qui ne sait même pas retrouver l'entrée de service et vient me ruiner le tapis des maîtres avec ses galoches boueuses !

Je recule. Je crains que les cris de Gourdel alertent les maîtres. Je pense à l'humiliation que ce serait si madame apparaissait maintenant. Je serre les dents. Gourdel continue de vociférer, demande comment je vais m'y prendre pour retirer les sales traces que j'ai laissées sur le tapis. Il faut que je prenne sur moi pour ne pas lui répondre vertement. Pour ne pas m'emporter. J'aimerais lui dire que je suis Léonore Désilles, la nièce du député du troisième et que cette entrée, c'est aussi la mienne. Mais bien sûr, je me retiens. Je bredouille :

– Je ne sais pas… je… je viendrai laver après le service…

– Après le service ? Voyez-vous cela ! Elle viendra laver après le service ! Et en attendant, mon tapis restera crotté, tandis que des gens respectables traverseront le hall d'entrée.

– Que se passe-t-il, monsieur Gourdel ? demande soudain une voix dans l'escalier.

Je lève les yeux. C'est Mme Désilles. Elle descend l'escalier d'un pas majestueux, avec son grand manteau en soie grenat, bordé de fourrure. Derrière elle, Hortense garde les yeux baissés. Je lui en suis reconnaissante. Il me coûterait trop qu'elle me voie dans cette position humiliante.

– Oh madame Désilles, s'exclame Gourdel en se courbant aussi bas qu'au passage d'une reine. Oh pardon, je suis désolé si je vous ai dérangée ! C'est, voyez-vous, la bonne de madame de la Roche qui a voulu emprunter la grande entrée.

– Pas du tout, je ne l'ai pas « voulu », simplement je me suis trompée…

– Bien bien, m'interrompt madame Désilles d'un ton sec. Ce n'est pas une raison pour faire toute une histoire et perturber le calme de cette maison. Gourdel, nettoyez ce tapis ! Et veillez à vous exprimer moins bruyamment. Vous me donnez la migraine.

Madame passe devant nos silhouettes inclinées. Je lève un œil au passage d'Hortense. Elle semble perdue dans ses pensées.

Ce soir-là, lorsque je monte dans la mansarde, épuisée et le cœur malheureux, je trouve sur mon lit une enveloppe. Elle contient des billets et un mot signé d'Hortense. Je compte les billets, je n'en ai jamais vu autant : vingt, trente, cinquante, cent francs ! Puis je déchiffre le mot d'Hortense. D'une belle écriture fine, elle a écrit :

*Chère Léonore,*

*Quand vous m'avez dit hier que vous alliez partir, j'étais bien triste. Vous m'avez montré, depuis le premier jour de notre rencontre, beaucoup d'amitié et de dévouement et je n'ai guère d'amies. Mais, depuis ce matin, je crois que vous serez plus heureuse là où vous devez vous rendre. Aussi, je vous donne cette enveloppe afin de favoriser votre voyage. Prenez-la, et ne me remerciez pas. Quand j'étais dans la peine, vous m'avez aidée, il est bien naturel que je fasse de même.*

*Aujourd'hui, l'impératrice a demandé à maman que je devienne sa lectrice. Quoique je n'aie nulle envie de vivre à la cour, je dois m'y résoudre. Maman dit que c'est un poste très envié et que je n'ai pas le choix. On va m'aménager un appartement aux Tuileries.*

Adieu, chère Léonore. Le hasard qui nous a fait naître sur deux rives opposées nous a permis de nous rencontrer par-delà nos différences. Aujourd'hui il nous sépare, mais j'ose croire qu'entre ces deux moments, nous avons été amies.

Si un jour vous revenez à Paris, n'oubliez pas de venir saluer celle qui sera toujours fière d'être

Votre amie, Hortense Désilles

P.S. : Dites à Ficelle que je l'aime bien et que, si un jour je suis libre de faire ce qui me plaît, je reviendrai le chercher.

# CHAPITRE XVII

*Paris*
*28 février 1870*

Je pars demain! J'ai reçu mes gages: vingt francs.
C'est peu. Juste de quoi payer mon billet de train
Paris-Saint-Malo en troisième classe. Heureusement,
l'argent offert par Hortense me permettra d'acheter
le billet pour voyager jusqu'à Guernesey et de vivre
là-bas quelques jours. Combien de temps? Je ne sais
pas. Le temps que je retrouve mes parents. Et après?
Que se passera-t-il? Je l'ignore. D'ailleurs, il m'est
impossible d'imaginer la scène de nos retrouvailles, de
penser à l'après. Voudront-ils que je reste près d'eux?
Me renverront-ils en France?

Il y a autre chose. Mme de la Roche a dit que mes
parents avaient fait chercher leur petite fille et qu'ils
avaient embarqué avec elle pour Guernesey. Qui est

cette enfant que l'on a prise pour moi ? Et comment me faire reconnaître de mes parents qui vivent depuis dix-huit ans avec celle qu'ils tiennent pour leur propre enfant ?

Dans mes rêves la nuit, je me vois avancer vers une maison, très grande, à la façade blanche et lisse comme le 21 boulevard Saint-Germain. Je sonne et une jeune fille de mon âge apparaît sur le seuil. Elle me sourit et se présente : « Je m'appelle Léonore Désilles, et toi ? » À chaque fois, je m'enfuis en courant.

Il m'est difficile de faire mes adieux à Margot. Le matin de mon départ est gris. Dans la chambre, nous nous habillons en silence. Elle enfile sa robe de service et son tablier. Je mets ma robe noire au col de dentelle, des bas propres, les chaussures de Suzanne. Chacun de ces gestes m'éloigne d'elle. Quand nous nous retrouvons sur le seuil, face à face, elle en tenue de service et moi en habit de ville, c'est comme si nous étions déjà séparées. Nous nous regardons un moment sans rien dire. C'est elle qui finit par briser le silence :

– Alors tu es bien sûre ? Tu ne veux pas dire adieu à madame ?

Je secoue la tête.

– Non, ce serait dur pour moi de la décevoir. Elle a toujours été bonne avec moi. Elle ne comprendrait pas.

Puis je tire une enveloppe de mon sac et je la lui tends.

– J'ai préparé une lettre. Tu lui donneras ?

Margot hoche la tête. Ça a été difficile pour moi de rédiger cette lettre. Je n'ai guère l'habitude d'écrire autrement que pour mes parents et pour Suzanne. Je n'ai jamais écrit à une dame. J'ai longtemps réfléchi. Finalement, ma lettre tient en quatre phrases :

*Madame, je suis désolée de quitter votre service sans vous revoir. Pardonnez-moi. Je vous suis bien reconnaissante pour la gentillesse que vous m'avez toujours témoignée mais je dois partir : mon destin m'appelle.*

*Adieu, Léonore*

Il y a sans doute des fautes. C'est un peu court aussi, mais je trouve que c'est bien tourné. Surtout, je suis fière de cette formule « Mon destin m'appelle » que j'ai trouvé dans un roman-feuilleton, publié en dernière page du *Siècle*, le journal de monsieur. C'est exactement ce que je ressens.

– Je t'écrirai, Margot, je te raconterai tout. Comme ça, tu auras toujours l'impression d'être avec moi.

Elle secoue la tête.

– Ne t'embête pas pour moi, va ! Tu auras d'autres choses à faire. Et puis, je ne sais pas bien lire… Mais tu sais, si un jour tu reviens à Paris, ça me ferait plaisir de te revoir, oui drôlement plaisir.

Je l'embrasse. J'aimerais ne pas pleurer mais je sens les larmes me monter aux yeux.

– Bien sûr que je viendrai te voir. Enfin, vous voir, toi et Ficelle.

Elle me sourit :

– Bah ! Je suis contente de le garder ! Il me tiendra compagnie. Et puis, comme ça, je reverrai peut-être mademoiselle Hortense.

– Sans doute.

J'aimerais le croire, mais je n'en suis pas sûre. Depuis qu'elle est entrée au service de l'impératrice comme lectrice, Hortense ne revient guère chez ses parents. Elle vit aux Tuileries où elle se tient au service de l'impératrice qui peut la sonner jusqu'au milieu de la nuit pour exiger qu'on lui fasse la lecture, si elle a des insomnies. Il ne sert à rien d'être née boulevard Saint-Germain et de s'appeler Désilles si c'est pour être la servante d'une autre, même si cette autre est l'impératrice.

Nous descendons ensemble l'escalier de service. Margot me quitte devant la porte du deuxième étage. Elle ouvre la porte de la cuisine et se retourne une dernière fois.

– Bonne chance, souffle-t-elle avant de disparaître à l'intérieur.

Je devine ce qu'elle trouve derrière la porte. La cuisine, ses odeurs. La vaisselle de la veille qu'il faudra ranger. La bouilloire qu'elle mettra à chauffer pour le thé de madame. Gilbert, le cocher, qui lit le journal. Le pain à trancher, à griller, à beurrer pour madame.

Sur le plateau qu'elle lui apportera au lit, Margot doit maintenant poser ma lettre, entre le pot de confiture et le sucrier. Tous ces gestes cent fois répétés, elle les exécute seule à présent, dans le silence de l'appartement encore endormi. Je revois tout cela et déjà, je suis ailleurs. Je continue ma route, sans me retourner. Madame doit être en train de lire ma lettre. Elle est certainement surprise, peut-être déçue. J'essaie de ne plus penser qu'au but que je me suis fixé. D'abord, me rendre au siège de *La Marseillaise*. Retrouver Émilien. Puis rejoindre la gare Montparnasse. Prendre un train de nuit. Et me réveiller sur le port de Saint-Malo. Embarquer pour Guernesey. Ensuite ? Ensuite, je verrai bien.

Malgré l'incarcération de Rochefort, *La Marseillaise* continue de paraître. Lorsque j'arrive au siège du journal, 51 rue de Flandre, le cœur battant, je suis d'abord accueillie par un concierge mal aimable qui balaie devant l'entrée et m'en bloque l'accès. J'insiste.

– Je viens voir Émilien. Émilien Marceau, le vendeur de journaux, vous voyez ? J'ai rendez-vous.

– Émilien Marceau n'est plus vendeur de journaux, marmonne le type sans lever les yeux.

– Comment ? Émilien Marceau ne travaille plus chez vous ?

Je n'ose pas y croire.

– J'ai pas dit ça. Travaille chez nous, mais plus comme vendeur. L'est journaliste maintenant, depuis son papier sur l'arrestation de Rochefort. Ah ça ! Mais d'où sors-tu donc ma jolie ? On ne lit pas *La Marseillaise* par chez toi ?

Émilien, journaliste ? Je suis stupéfaite. J'en éprouve de la joie, et un peu d'amertume. Pourquoi ne m'avoir rien dit ?

– Est-ce que je pourrais le voir ?

– Émilien Marceau n'est pas là, l'est au procès ! me lance le concierge sans même me regarder.

– Au procès ?

– Au procès de ce bandit de Bonaparte, pardi !

– Et où est-ce ?

– Palais de justice, sur l'île d'la Cité. Ça a beau être une crapule, on ne juge pas un Bonaparte comme le premier péquin venu. Il leur faut de l'or à ces types-là, du marbre, des tapis, des chichis, tout le tintouin...

– Oui, oui , merci m'sieur !

Je pars en courant. Vite, un omnibus pour l'île de la Cité ! À nouveau, je vois Paris défiler par les fenêtres. Le ciel est gris, la chaussée trouée de flaques d'eau sale. Les quartiers en démolition laissent voir des pans entiers de maisons éboulées, des gravats, des trous. Mais je ne m'attarde pas sur ce spectacle sinistre. Je pense à Émilien, devenu journaliste. C'est donc vrai qu'on arrive à tout, à force d'entêtement ! Vrai qu'on n'est pas condamné à être toute sa vie ouvrière, domestique ou vendeur de journaux. Cette idée me donne des ailes. Bien sûr, c'est Émilien qui a réussi. Mais son exemple ouvre une brèche dans mon avenir. Tout n'est pas décidé au jour de la naissance. Il reste un peu de place pour le hasard, pour la chance, pour la volonté, le courage. On finit toujours par y arriver!

– Palais de justice! crie le collignon lorsque nous nous arrêtons devant un immense bâtiment, tout blanc, derrière des grilles dorées.

Je descends. Il y a foule devant le palais. Des messieurs en redingote, des ouvriers, des femmes, et par-dessus la rumeur du public le cri des vendeurs de journaux: «Le procès du siècle!», «Tout sur la défense de Pierre Bonaparte», «L'accusé était en état de légitime défense!» Je joue des coudes pour m'approcher des grilles. Des policiers en uniforme repoussent les curieux. Soudain un cri fuse:

– Faites place! Faites place!

C'est le cocher d'un riche carrosse tiré par quatre chevaux superbes. Le peuple reconnaît les armes des Bonaparte sur les portières. Une femme crie:

– C'est lui! C'est ce cochon de Bonaparte! C'est l'assassin de Victor Noir!

Des exclamations haineuses, des sifflets, des huées suivent ce cri. À mon côté, une femme un peu débraillée hurle:

– Justice! Justice!

Une autre :

– À mort l'assassin !

Comme je reste silencieuse, elle me donne un coup de coude dans la hanche.

– Eh bien toi ? Tu ne cries pas ?

– Non, moi je cherche un ami.

Elle se met à rire.

– Elle cherche un ami ! répète-t-elle, goguenarde. Vous entendez ça, vous autres ? demande-t-elle à la cantonade. Elle cherche un ami ! Eh, Belle-gueule, tu voudrais pas être l'ami de mademoiselle par hasard ?

Un gars coiffé d'une casquette se retourne et me fait un clin d'œil. Pendant ce temps, le carrosse de Bonaparte a passé les grilles. Il est devant le palais. Une silhouette sombre sort de la voiture et s'engouffre dans le bâtiment. À nouveau les cris, les sifflets. Soudain un homme élégamment vêtu, portant une serviette de cuir sous le bras, se fraie un chemin parmi la foule.

– Je suis journaliste, répète-t-il en brandissant une carte rouge, journaliste à la *Vie Française* ! Je vous prie de me laisser passer.

Mais le policier secoue la tête.

– L'entrée de la presse se fait de l'autre côté, grogne-t-il, par la Conciergerie !

L'homme peste puis il fait demi-tour. Je lui emboîte le pas. Il me remarque et me demande avec désinvolture :

– Que voulez-vous ?

– Je dois absolument entrer dans le palais. Je suis journaliste, moi aussi.

Il me dévisage, fixe ma petite valise en cuir bouilli et ricane. Je vois bien qu'il ne me croit pas.

– Dans quel camp es-tu? demande-t-il.

Je réponds franchement en le regardant dans les yeux.

– Dans le camp de ceux qui veulent la justice!

Ma réponse doit lui plaire car il m'invite à le suivre. Avant de passer la porte de la conciergerie, il me jette sa serviette.

– Tiens, prends ça! On dira que tu es mon assistante.

J'attrape la serviette au vol. Je trouve le procédé un peu humiliant mais je ne bronche pas. J'ai trop envie de voir Émilien. Sur le seuil du palais, un policier nous arrête. Il exige la carte de presse de mon protecteur qui lui tend dédaigneusement sa petite carte rouge.

– C'est bon, dit le policier, vous pouvez entrer! Les journalistes à droite, les dames à gauche!

Je me retourne pour adresser à mon complice un sourire de gratitude. Il a déjà filé dans la partie gauche de la salle d'audience. Tant pis! Désormais je n'ai plus qu'une idée en tête: retrouver Émilien.

# CHAPITRE XVIII

*Paris, Palais de justice*
*1er mars 1870*

À l'intérieur de la salle, l'atmosphère est étouffante. Il fait très chaud. Une foule nombreuse est assise sur les bancs réservés au public. Les plafonds, les murs sont ornés de dorures, de tableaux. Je trouve le décor bien majestueux pour juger un criminel, fût-il de sang impérial. Ce qui me frappe surtout, ce sont les avocats, les juges avec leurs robes noires et leurs regards sévères.

À peine sommes-nous entrés que les portes se referment. Il est onze heures, l'audience va commencer. Un peu plus et je n'y assistais pas. Je me faufile entre les bancs et me fais une petite place à l'extrémité de la banquette des dames. Je cherche des yeux Émilien. Soudain mon cœur s'arrête de battre.

Je l'ai reconnu parmi les journalistes qui me font face. Il est là, juste devant moi, au troisième rang. Il ne me voit pas. Comme il a changé ! Avec sa veste noire, sa chemise blanche et ses cheveux bien coiffés, on ne reconnaîtrait pas le vendeur de journaux un peu débraillé que j'ai rencontré sur les boulevards. Je le fixe avec tant d'intensité qu'il me semble impossible qu'il ne me remarque pas. Mais il est concentré. Il tient un carnet à la main. Sa tête est tournée vers le magistrat qui annonce :

– Faites entrer l'accusé !

Une émotion parcourt le public. Enfin je le vois ! Pierre-Napoléon Bonaparte est un homme de forte corpulence, aux jambes courtes, à la barbe épaisse qui lui cache le cou. Il ne semble pas embarrassé, encore moins repentant. Il fixe l'assemblée avec arrogance et passe devant la famille de la victime sans un regard. Le juge lit un préambule, assez long, auquel je ne comprends rien. Il est question de justice, de procédure, de politique. La voix du magistrat est morne et traînante. Je continue de fixer Émilien qui prend fébrilement des notes sur un calepin.

Enfin, le président interroge l'accusé.

– Nous arrivons donc à la malheureuse scène du 10 janvier. Racontez-nous comment les choses se sont passées.

Pierre Bonaparte prend une inspiration et commence :

– Vers deux heures après midi j'étais dans mon salon quand ma servante m'a apporté les cartes de deux individus. J'ai cru qu'ils étaient envoyés par Rochefort. J'ai fait entrer les deux inconnus qui avaient l'air menaçants. L'un d'eux m'a tendu un billet en ordonnant «Lisez cela!» J'ai regardé la signature et j'ai dit : «Je veux bien me battre avec Rochefort, mais pas avec un de ses émissaires». Alors, le plus grand s'est approché de moi et m'a frappé violemment au visage. Son compagnon a tiré un pistolet et l'a dirigé vers moi. Me sentant en danger, j'ai saisi mon revolver et j'ai tiré sur le plus grand, celui qui m'avait frappé au visage.

Un murmure d'indignation parcourt l'assemblée. Je ne peux m'empêcher de murmurer :

– Menteur...

Le président demande :

– Ensuite ?

– Ensuite, l'autre a couru se cacher derrière un fauteuil d'où il a cherché à tirer. J'ai tiré un coup qui l'a délogé de sa cachette. Il est sorti de la pièce en passant devant moi. J'aurais très bien pu, si je l'avais voulu, le tuer à ce moment-là. Je n'ai pas voulu le faire. Je n'ai tiré que lorsqu'il me menaçait.

Le président revient à la charge :

– Dans le salon vous n'avez dit que «Je veux bien me battre avec Rochefort, mais pas avec un de ses émissaires» ?

– C'est cela. Je n'ai rien dit d'autre.

– Vous n'avez pas ajouté : «Rochefort est le chef de la crapule» ?

– Ces mots-là ne sont pas de mon langage habituel.

– Vous affirmez que Victor Noir vous a frappé ?

– Oui, il m'a frappé pendant que Fonvielle me menaçait avec son pistolet.

– Où vous a-t-il frappé ?

– Ici (il montre sa joue gauche, près du lobe de son oreille). J'ai montré la trace au médecin Pinel.

– Pourquoi n'en avez-vous pas parlé au commissaire de police quand il est arrivé sur les lieux ?

– Je n'ai pas voulu. Ce n'était déjà pas bien beau d'avoir reçu un soufflet, surtout d'une telle main.

On entend des « oh » d'indignation étouffés. Je suis révoltée. Et puis, d'un seul coup, ma colère disparaît. Elle est remplacée par un sentiment délicieux. Il m'a vue ! Il me regarde et m'adresse un large sourire en s'inclinant pour me saluer. Je lui fais signe à mon tour. Ce que j'aimerais maintenant, c'est que le procès soit fini, pour me projeter directement de l'autre côté de la salle d'audience, sur le banc des journalistes, et le retrouver.

Mais le procès poursuit son cours. Le président appelle un premier témoin. C'est Élisabeth Gillet, dix-huit ans, femme de chambre du prince Pierre-Napoléon Bonaparte. Je la regarde entrer dans la salle d'audience, les épaules un peu voûtées, l'air inquiet. Je devine qu'elle préférerait être ailleurs. Elle raconte.

– Le 10 janvier j'étais à mon service quand deux messieurs sont arrivés. J'ai apporté leurs cartes à monsieur qui m'a dit de les faire monter au salon. J'ai fait ce qu'a dit monsieur.

– Est-ce que ces hommes avaient un air menaçant ?

– Non, je ne m'en souviens pas. Je les ai trouvés polis, des messieurs comme il faut.

– Que s'est-il passé ensuite ?

– J'étais à épousseter les bibelots de monsieur quand soudain j'ai entendu crier « Au secours ! » J'ai vu le grand sortir en titubant et tomber dans les escaliers. L'autre, monsieur Fonvielle, est sorti après en criant « À l'assassin ! » Alors je suis montée au salon et j'ai trouvé monsieur assis sur le canapé.

– Que vous a-t-il dit ?

– Il m'a dit, ça je m'en souviens... il m'a dit « Ils sont venus à deux pour m'assassiner chez moi... » Oui, c'est exactement la phrase de monsieur !

– Aviez-vous entendu les coups de feu ?

– Oui, mais ça ne m'a pas surprise. J'y suis habituée car monsieur s'exerce souvent au tir...

– Mademoiselle Gillet, quand vous êtes entrée dans le salon, le prince portait-il une trace de coup ?

– Ma foi, non... je n'ai rien vu dans ce genre-là, m'sieur le juge !

– Le prince vous a-t-il dit qu'il avait été frappé ?

– Oui, m'sieur le juge. Mais plus tard, dans la soirée seulement.

– J'en ai fini avec le témoin !

L'avocat qui se tient à côté du prince se lève à son tour et demande à la servante :

– Mademoiselle Gillet, depuis combien de temps travaillez-vous au service du prince ?

– Depuis quatre ans, m'sieur ! Je suis rentrée à son service quand j'avais quatorze ans. Une place que m'avait trouvée ma mère, juste avant de mourir.

– Et une bonne place n'est-ce pas ! Beaucoup vous l'envieraient ! Êtes-vous heureuse de travailler au service du prince Pierre-Napoléon ?

La servante se tourne vers l'assemblée. Elle hausse les épaules.

– Nous autres, les bonnes, on peut nous forcer à travailler, mais on peut pas nous forcer à aimer ça !

Cette phrase résonne longtemps sous les ors du Palais de justice. Les bourgeois en sont scandalisés – quelle insolence ! – mais le peuple sourit, content de cette répartie ironique qui exprime à haute voix ce qu'il tait. Moi aussi, je souris. Je comprends très bien ce que dit Élisabeth Gillet. Mais lorsque je regarde Émilien, cherchant à établir avec lui une complicité, il secoue la tête, l'air réprobateur. Ma voisine, une petite dame qui porte des lunettes et prend des notes, m'explique :

– Elle n'aurait pas dû dire ça. Ça va discréditer son témoignage. On prétendra qu'elle a menti par haine des maîtres.

Je hoche la tête. Ce doit être aussi l'avis d'Émilien. Cependant, la salle est en ébullition. Beaucoup répètent cette phrase.

– « On peut pas nous forcer à aimer ça ! » Hein, sans blague, elle a de la répartie cette gosse !

Le juge frappe le bureau de son maillet. L'audience est levée et reportée demain à dix heures. Alors les témoins, l'accusé, les jurés, tout le monde disparaît. Le public, lui, s'attarde un peu, échange ses impressions. C'est sur le banc des journalistes qu'on s'agite le plus. L'audition d'Élisabeth Gillet échauffe les esprits. Je tente de rejoindre Émilien, qui s'est lancé dans une discussion animée avec un de ses confrères.

– Ah ! Léonore Désilles ! s'exclame-t-il en me voyant arriver.

Il m'examine de la tête aux pieds, avise ma valise et déclare :

– Mais tu es tout à fait charmante ! T'as l'air d'une vraie demoiselle attifée comme t'es là !

Je pourrais être flattée. Mais le ton d'Émilien est assez ironique pour que je ne me méprenne pas sur ses compliments. Sur le même ton, mi-amusé mi-sérieux, je réponds avec fierté :

– Cher ami, tu as devant toi une jeune fille libre !

– Libre ? Hum, hum… voilà qui est intéressant ! T'as donc quitté la cage dorée du boulevard Saint-Germain ?

– Tout juste ! En devenant journaliste, tu es aussi devenu drôlement perspicace…

– Tu blagues, mais tu ne devrais pas. Dans quelques mois, je serai plus célèbre que Rochefort lui-même ! Et avec le papier que je vais faire sur le procès…

Il n'a pas le temps d'en dire plus. La foule qui se dirige vers la sortie nous entraîne avec elle puis nous sépare.

Dehors, la pluie a cessé. Le ciel est bleu. C'est un ciel de printemps. Émilien me sourit.

– Alors c'est bien vrai ? C'est fini le temps où t'étais domestique ?

Je hoche la tête, fière de mon indépendance.

– Qu'est-ce que tu vas faire maintenant ?

– Je vais rejoindre mes parents à Guernesey.

J'ai dit ça crânement en espérant l'impressionner. Tout journaliste qu'il est, ce ne doit pas être tous les jours qu'il rencontre des jeunes filles capables de traverser les mers pour rejoindre les proscrits de l'Empire. Maintenant, je guette sa réaction. Mais lui allume une cigarette et me demande :

– Quand pars-tu ?

– Je prends le train ce soir. Je serai à Saint-Malo demain matin et de là j'embarquerai.

Cette fois, il émet un sifflement admiratif. Voilà, c'est exactement ce que j'attendais.

– Attends ! Je vais te donner des documents, des papiers pour monsieur Hugo.

– Je ne sais pas si…

– Bah, il n'y a pas foule sur ton île. Et puis les proscrits se connaissent tous, là-bas.

Il ouvre sa serviette de cuir et me tend une liasse de journaux.

– Les derniers exemplaires de *La Marseillaise*. Il faut qu'ils sachent ce qu'il se passe ici. Tu leur expliqueras tout, hein ?

Il a quitté le ton badin de tout à l'heure et me regarde maintenant avec gravité. Je me sens investie d'une mission solennelle. Je hoche la tête.

– Tu lui remettras ça...

Il me tend une enveloppe.

– C'est une lettre de Rochefort. Surtout, ne la perds pas.

Puis, après avoir jeté autour de nous des coups d'œil suspicieux, il ajoute à voix basse :

– De grandes choses se préparent.

Je n'ose pas lui demander lesquelles. Je devine que la fin de l'Empire est proche. Il m'en coûte de partir pendant que « de grandes choses se préparent ». J'aimerais voir l'Empire s'écrouler et l'avènement de cette République dont Émilien me promet qu'elle sera « le règne de la justice, de l'égalité et de la liberté ». J'ai l'impression de quitter la France avant le lever du soleil. Est-ce que je verrai quelque chose de cette aurore depuis Guernesey ?

– Bah, te fais pas de mouron, me répond Émilien. Envoie-moi ton adresse quand tu seras sur ton île, je te raconterai tout. Je t'enverrai *La Marseillaise* ! Et puis, tu finiras par revenir. Hugo a dit qu'il rentrerait en France quand la liberté y rentrerait. Tes parents feront peut-être pareil...

Cette pensée me met du baume au cœur. Je m'imagine de retour avec ma famille, à Paris. Je ne connais pas mes parents, j'ignore tout de nos retrouvailles, ni même si elles pourront avoir lieu un jour – la pensée de cette fille qu'ils ont recueillie à ma place, en se figurant que c'était moi, me pique chaque fois comme une aiguille chauffée à blanc. Mais s'ils sont tels que je les ai imaginés, tels que j'en ai rêvé, mes parents aimeront Émilien.

Tandis que le soleil décline, nous marchons sur les quais de la Seine. Émilien a proposé de m'accompagner jusqu'à la gare. Mon train part à neuf heures trente. Nous avons deux heures devant nous. Il me raconte le procès, qu'il suit chaque jour afin de faire au journal un rapport précis. Il me dit que Rochefort, arrêté, a été jeté en prison, d'où il continue à écrire des articles. Il célèbre son courage, sa détermination.

– Bientôt nous ouvrirons les portes des prisons, le vieux monde bourgeois sera renversé, tu verras ! ajoute-t-il avec fougue.

Le monde bourgeois renversé ? Mais comment ? Soudain, je pense à Hortense, à Mme de la Roche. Je me demande comment elles vivront, après, quand l'Empire sera écroulé. J'aimerais qu'il ne leur arrive rien, qu'elles aient aussi leur place dans ce monde nouveau, dans cette République. Mais je n'ose pas le dire à Émilien.

Il ne comprendrait pas sans doute, il penserait que je me suis rangée du côté des beaux quartiers. Alors je le laisse parler.

Il me dépeint sa vision d'une politique juste. Quand le peuple se sera emparé du pouvoir, les réformes commenceront. Chacun pourra vivre du produit de son travail, chacun aura droit à l'instruction et rien n'empêchera un ouvrier de devenir un maître. On bâtira une nouvelle humanité, de vérité et de justice, où tout le monde aura sa chance.

Je l'écoute avec attention, soulevée par ces paroles d'espoir, je pense à mes parents de Noisiel, à Suzanne, à Margot, à la bonne du prince Bonaparte, à tous ceux pour qui la vie n'est que labeur et qui n'ont jamais imaginé un autre avenir pour leurs propres enfants. Je me dis que les bourgeois qui ont du cœur, comme Hortense, ne s'opposeront pas à tant de générosité, qu'ils finiront par adopter ce nouveau régime et que nous vivrons alors tous en harmonie, dans la fraternité. Émilien passe sa main autour de mes épaules, je me sens gagnée par une douce chaleur. C'est comme si toute sa ferveur se communiquait dans ce geste de tendresse.

Le soleil décline, ses derniers rayons embrasent la capitale. L'air est doux. Je voudrais que ce trajet dans Paris dure toujours. Mais hélas, bientôt la gare Montparnasse se dresse devant nous avec ses arcades et ses larges verrières cintrées. Émilien s'immobilise devant le cadran de l'horloge. Mon cœur se serre.

– À quelle heure, ton train ? demande-t-il.

– À neuf heures. Il faut huit heures pour rejoindre Rennes et de là, Saint-Malo.

L'émotion me gagne. Je n'ai plus du tout envie de partir. Si Émilien me le demandait, je crois que je serais capable de tout abandonner, ma famille, mon enquête, Guernesey et la lettre pour Victor Hugo pour rester à son côté. Mais il ne me demande rien. Il me prend dans ses bras et il m'embrasse. C'est un baiser comme celui de l'omnibus, mais plus long, plus tendre et gonflé d'espérance.

# CHAPITRE XIX

*Saint-Malo*
*2 mars 1870*

Je n'ai jamais vu la mer. Mes parents de Noisiel non plus. Louise, mon amie de la chocolaterie, l'a déjà vue, elle, la mer. Quand elle était gamine, son père l'a emmenée à Berck-plage, parce que l'impératrice avait ouvert un hôpital pour les enfants tuberculeux. Il paraît que l'air de la mer les guérissait. Je ne sais pas si cela marche à chaque fois mais pour Louise, ça a marché. Quand elle est revenue à Noisiel, le jour de ses dix ans, elle n'était plus malade. Son père la montrait à tous les employés de la fabrique, il disait que l'hôpital de l'impératrice avait fait à sa fille des poumons neufs. Louise m'a dit qu'elle s'était beaucoup ennuyée à Berck-plage. Mais moi, je m'en souviens, je l'enviais. Quand je lui demandais comment était la mer, elle répondait que ça ressemblait à la Marne, mais en plus grand, en plus bleu et en plus agité avec des vagues grosses comme ça qui s'effondraient dans un vacarme terrible.

La nuit dans le train a été longue et j'ai mal dormi. Il y avait trop de bruit en troisième classe, trop de bébés qui pleuraient, de femmes qui criaient, d'hommes qui ronflaient pour que je puisse fermer l'œil. De toute façon, j'étais trop agitée pour trouver le sommeil. J'avais dans le cœur trop de pensées qui se mêlaient et m'empêchaient de me reposer. Le voyage en bateau surtout m'inquiétait beaucoup. Et puis, ce que je ferais ensuite, comment je m'adresserais à mes parents, ce que je leur dirais, et cette fille qui pense être la leur et qu'il faudra détromper… Heureusement, au milieu de ces préoccupations, la pensée d'Émilien, le souvenir de son bras sur mes épaules, de son baiser sur le quai de la gare, me rendaient du courage. Je songeais que ce que je faisais, je le faisais aussi pour lui, parce qu'il m'avait confié une mission, parce qu'il en allait de l'avenir de la patrie. Et cette idée me donnait des ailes.

À peine arrivée à Saint-Malo, j'ai aimé cet endroit. La ville ne ressemble à aucune de celles que je connais. Les maisons sont entassées à l'intérieur d'une grande enceinte de pierre, percée de larges portes, surplombée de tours, dominée par un château sur lequel flottent fièrement les armoiries de la ville. Depuis les remparts, on domine la mer qui vient se briser au pied des murs de pierre. C'est magnifique. J'aurais aimé qu'Émilien voie cela avec moi. Et Margot. Et Hortense. Et Suzanne. J'ai pensé à Louise, à ce qu'elle m'avait dit quand je la pressais de me décrire la mer. Je lui aurais bien écrit une lettre pour lui dire que je l'avais sous les yeux, mais Louise ne sait pas lire. C'est à cause des mois qu'elle a passés à l'hôpital de Berck, qui l'ont empêchée d'aller à l'école. Quand elle est rentrée, il était trop tard : elle avait l'âge d'aller travailler à l'usine.

Face à la mer, je suis seule. Je n'ai personne avec qui partager le magnifique spectacle des vagues bondissantes, des plages immenses, de l'eau qui s'étend à perte de vue et laisse apparaître quelques îles, comme des cailloux oubliés là, au beau milieu de l'eau. Sur le port, j'ai toutes les peines du monde à me faire comprendre. Les hommes de ce pays parlent une langue étrange que je ne connais pas. J'avise des pêcheurs qui vident leur cargaison et leur demande d'où part le bateau pour Guernesey. Ils secouent la tête. Plus loin, ce sont des femmes qui réparent des filets. Elles sont vêtues de noir et portent une drôle de coiffe, très haute, toute blanche, découpée comme de la dentelle.

– Guernesey ! Guernesey ! je répète.

Elles haussent les épaules. Finalement, un marin s'approche de moi et m'indique un bateau bleu et rouge.

– Celui-là part à Jersey, puis à Guernesey, m'explique-t-il avec un accent.

Je remercie et me rends sur le bateau.

L'équipage ne parle pas français. Au moment d'acheter mon billet, je suis obligée de présenter tout ce que j'ai. Le marin, goguenard, prend tous mes billets et une partie de ma monnaie. Je ne saurai jamais s'il m'a volée. J'embarque.

Pour quelqu'un qui n'a jamais vu la mer, cette traversée est un sacré baptême ! À mesure que nous nous éloignons des côtes bretonnes, le vent se lève et le navire oscille sur une mer agitée. D'abord, je demeure sur le pont pour ne rien perdre du spectacle mais très vite, vaincue par les rafales de vent qui me fouettent le visage et menacent de me jeter au sol, je rentre dans la cabine. À l'intérieur, les voyageurs sont muets. Ils fixent par les hublots la tempête, l'air inquiets. Des matelots crient des ordres en anglais. Un enfant pleure. Quant à moi, je ne parviens même plus à regarder la mer. Un haut-le-cœur me saisit à chaque nouvelle vague, à chaque mouvement du navire. Je m'étends sur une couchette et je ferme les yeux en attendant que cela cesse.

Mais cela ne cesse pas. Je me tourne et me retourne sur ma couchette en gémissant. Le navire grince. À chaque instant, j'ai l'impression qu'il va se fendre en deux, comme une coquille de noix, et que je vais tomber au fond de la mer. Je donnerais tout pour retrouver la terre ferme. Soudain, la porte de la cabine s'ouvre et un mousse crie des ordres en anglais. Répondre est un effort. Je murmure :

– Je ne comprends pas.

Mais ma voix se perd dans les grincements du navire, le fracas des vagues, les cris des passagers. Et soudain, je vois le mousse se saisir d'une malle et la jeter par-dessus bord. D'un bond, je me lève, ébahie. Un Français crie :

– Le navire est trop chargé, il faut sacrifier les malles !

Je cherche fébrilement ma valise. Où est-elle ? Autour de moi, les mousses s'affairent et délestent le bateau des charges inutiles. Je songe à tout ce que contient mon bagage : le drap monogrammé, la lettre pour Hugo, les exemplaires de *La Marseillaise*. Un frisson me parcourt l'échine. Et si tout cela allait s'enfouir sous le navire, dans les profondeurs de la mer ? Je suis si désemparée que je ne sens plus les effets du mal de mer. Ma valise a dû rester sur le pont, il faut que j'aille la chercher.

Je quitte la cabine. Dehors, un vent violent me cingle le visage. Je m'accroche au bastingage pour ne pas tomber. Des lames très hautes s'élèvent par-dessus le bateau et retombent en lambeaux sur le pont, avec un bruit fracassant, jetant partout de l'eau que le vent disperse. Ma robe est trempée, mon visage, mes cheveux aussi. Un mousse m'empêche d'avancer.

– Go back ! Go back inside the boat ! hurle-t-il.

Je m'entête, proteste : je dois absolument retrouver ma valise. Il ne veut rien entendre. Autour de nous, les matelots poursuivent le délestage : les malles s'enfoncent dans la mer avec un bruit fracassant.

Je cogne des deux poings sur la poitrine du mousse qui me barre le chemin.

– Laissez-moi passer, je vous en prie, laissez-moi passer ! Je dois retrouver ma valise !

Le Français que j'ai croisé dans la cabine m'attrape par le bras et m'attire à l'intérieur. Je le suis, hébétée.

– Venez, c'est inutile. Mieux vaut laisser ses effets que de perdre la vie ! Ces hommes savent ce qu'ils font, sinon nous finirons tous noyés !

Il m'aide à m'asseoir, me propose une couverture, sa flasque d'eau-de-vie pour me réchauffer. Je porte mes lèvres au goulot mais la gorgée que j'avale me brûle la gorge et je la recrache aussitôt. Je claque des dents. Le tissu de ma robe me colle à la peau. Mes cheveux dégoulinent sur mes épaules. Mais l'eau, la morsure du froid, mon cœur retourné, tout cela n'est rien face à ce que j'entrevois. J'ai perdu toute preuve de ma naissance. Mon drap de batiste a coulé. Ma mission a échoué. Que dirai-je à mes parents ? Et à Émilien ?

Lorsque nous arrivons enfin à Guernesey, la tempête s'est calmée. Il pleut encore, une petite pluie fine qui pénètre mes vêtements. L'île est dissimulée derrière ce rideau gris, uniforme. Puis je perçois un gros rocher, abrupt, posé là au milieu de la mer. Le port me semble tout petit, en comparaison de Saint-Malo. Les bateaux s'y tassent : barques de pêche, trois-mâts, bateau à vapeur. Notre navire se fait une place entre les embarcations.

Sur le quai, quelques personnes frileusement grou-
pées attendent la fin de la manœuvre. Je suis sur le
pont. Mes yeux sont secs, mais ma robe est toujours
mouillée. Près de moi, une femme se lamente. On a
jeté ses cinq malles remplies de robes et de bijoux. Je
n'ai pas tant à déplorer. Pourtant, ce que contenait ma
valise était sans doute plus précieux. Des robes, ça se
recoud. Des bijoux, ça se rachète. Mais mon drap de
naissance, personne ne pourra me le rendre. Il est
perdu à jamais, et avec lui mon seul espoir de faire
valoir mes origines auprès de ma famille.

Je descends sur le quai, hagarde et désespérée.
Autour de moi, les voyageurs retrouvent leurs familles,
leurs amis. On s'embrasse, on se rassure, on se félicite
d'être encore en vie. On a eu si peur de ne jamais
revoir la terre ferme ! Bien que je ne comprenne pas
leur langue, je devine leur soulagement. Leur joie.
Et je les envie d'avoir quelqu'un à étreindre quand je
m'éloigne seule vers la ville.

Celle-ci s'appelle Saint Peter Port. Ses vieilles rues
sont étroites, irrégulières, tortueuses, bordées de maisons colorées, pressées les unes contre les autres. Je
cherche un refuge. Il me reste très peu d'argent et ce
sont des pièces françaises. Que faire ? D'abord me
mettre à l'abri. Je suis transie. J'avise une vieille église
qui domine le port. Je pousse la lourde porte. À l'intérieur, il fait froid et tout est silencieux. Je m'étonne
de ne trouver ni vitraux, ni statues, ni ornements, ni
cierges. Les murs sont blancs, vides, complètement

dépouillés. Cela ne ressemble pas à nos églises et à nos cathédrales. C'est moins riche, moins coloré, moins chargé. On dirait la maison d'un pauvre. Je m'assois sur un banc de bois ou plutôt : je me laisse tomber dessus, comme un poids mort. Tout est fini. Je répète cette phrase à voix basse : « Tout est fini ». Comme pour m'en convaincre, comme pour enterrer définitivement mes espoirs, mes projets.

Tout est fini. Il faut à tout prix que je rentre en France, au plus vite. Mais pour cela, je dois d'abord réunir la somme nécessaire pour payer le voyage du retour. Cela veut dire trouver un travail, n'importe lequel, et demeurer ici jusqu'à ce que je parvienne à gagner assez d'argent. Alors je pourrai prendre un bateau jusqu'à Saint-Malo, puis le train jusqu'à Paris. Je ne m'attarderai pas dans la capitale. Je n'irai pas revoir Émilien – j'aurais trop honte de mon échec – ni Margot, ni Hortense. Je retrouverai la route qui mène à Noisiel, puis celle de la maison et quand j'arriverai je me jetterai dans les bras de mes parents. Je leur dirai que ce sont eux, mes vrais parents, que je n'en veux pas d'autres. Je leur dirai aussi que mon destin est là, parmi eux, à la fabrique Menier, dans les effluves de cacao et le bruit des machines. Que c'était une erreur de croire qu'il était ailleurs. L'idée de nos retrouvailles me rend un peu de sérénité. Je n'ignore pas les difficultés à venir. Les obstacles à franchir. Noisiel n'a jamais été aussi loin. Il faudra du temps, de l'argent, de la volonté.

Qu'importe, plus rien ne me presse. Je sais désormais où est ma place.

Il me faut beaucoup de courage pour me décider à quitter l'église. Dehors, la pluie redouble. Je l'entends battre aux carreaux. De brusques rafales de vent font trembler les vitres.

Je me sens surtout gagnée par un engourdissement, une torpeur. C'est à peine si je sens le froid, ma robe et mes cheveux mouillés.

Il faut pourtant que je sorte, que je reprenne ma déambulation dans les rues de Saint Peter Port, que j'aille frapper aux portes des auberges, des hôtels. Avec un peu de chance, on m'engagera comme servante, on m'indiquera une chambre. Oui, je vais aller proposer mes services dans une de ces auberges de voyageurs qui dominent le port.

Il faut que j'arrive à me faire comprendre. La langue anglaise est un obstacle qui s'ajoute à tous les autres – ma pauvreté, la perte de mon bagage.

J'essaie de me relever mais mes jambes qui tremblent peinent à me soutenir. Je me laisse retomber sur le banc. Des frissons secouent mon corps. Une douleur se diffuse dans tout mon crâne. Un étau me serre les tempes. Je demeure un moment prostrée, le dos courbé, la tête dans mon bras à essayer de juguler cette douleur. Combien de temps exactement ? Je ne sais pas. Des vagues de somnolence me submergent. Je dois finir par m'endormir.

Soudain, un bruit me fait sursauter. J'ai toutes les peines du monde à rassembler mes esprits. Puis tout me revient de façon confuse, comme dans un rêve : la traversée, la tempête, les vagues, ma valise par-dessus bord, le mousse, la pluie, l'église. Ce bruit, c'est celui de la porte qu'on claque. Quelqu'un a dû entrer, je perçois maintenant le bruit de ses pas dans la nef. Je veux me lever mais à nouveau mes jambes sont de la ouate, elles refusent de me soutenir. Alors, le sol se dérobe, les murs glissent, la porte vacille, et je tombe d'un coup, le visage contre la pierre froide.

# CHAPITRE XX

*Guernesey*
*Saint Peter Port*
*mars 1870*

Quand je reviens à moi, je ne reconnais pas le lieu où je me trouve. J'ai si mal à la tête... Je peux à peine ouvrir les yeux. À travers mes paupières mi-closes, je distingue dans un brouillard épais un papier peint fleuri, quelques meubles et des ombres qui vont et viennent. Je saisis des bribes de conversation, des paroles. Je voudrais m'éveiller pour les comprendre tout à fait mais ma tête est lourde comme une pierre, tout m'est douloureux. Je sombre à nouveau dans un sommeil sans rêve.

Le temps passe mais je ne distingue pas même les jours des nuits. On me prodigue des soins, je sens des compresses humides sur mon front, des sirops qu'on verse dans ma gorge, presque malgré moi. Qui donc fait tout cela ? Et pourquoi ? Dans mon délire, je vois le visage de ma mère, ma petite chambre de Noisiel. J'appelle Suzanne. Ou bien Margot. Est-ce que je suis rentrée à la maison ?

En pleine nuit, j'ouvre les yeux. Mon front est brûlant. Il faut que je sache où je suis. J'essaie de me lever. Mais je suis si faible que je chancelle et m'affaisse sur le sol. Il y a un tapis, moelleux et très doux. Je le caresse du plat de la main. Je n'en ai jamais touché de tel. Sauf chez madame. Est-ce que je suis revenue boulevard Saint-Germain ? La porte s'ouvre et une voix murmure des paroles que je ne comprends pas. Quelle est cette voix ? Quelle est cette langue ? J'ouvre la bouche pour demander « qui êtes-vous ? » mais aucun son ne sort de ma bouche et, dans l'obscurité de la pièce, je ne distingue aucun visage.

Un autre jour, des voix d'hommes me réveillent. Ils sont deux, peut-être trois. Je devine leurs visages penchés au-dessus du mien. J'entends des paroles en anglais, des exclamations. Une voix répète : « Léonore, Léonore ? Serait-ce possible ? » Puis ce sont des sanglots étouffés et soudain le silence.

Un matin, j'ouvre les yeux et pour la première fois, cela ne me fait pas mal. Je n'éprouve plus de douleur. Je me sens simplement très faible. Une vieille femme en bonnet et tablier me regarde. Elle parle anglais. Je devine dans sa voix beaucoup de douceur et de bienveillance. Je lui souris. Aussitôt elle disparaît et revient avec un plateau sur lequel sont disposées une tasse de thé brûlant et une miche de pain. D'un geste elle m'encourage à manger. Je n'ai jamais bu de thé. J'en ai servi, bien sûr, boulevard Saint-Germain, des litres et des litres pour les amies de madame, mais goûté moi-même, jamais !

J'avale une gorgée, je trouve ça brûlant et amer. Je fais une grimace. La servante au bonnet se met à rire. Elle prononce des phrases que je ne comprends pas mais auxquelles je réponds par des hochements de tête réguliers. Puis, tandis que je mâche un peu de pain, elle s'active dans la chambre. C'est une grande pièce aux murs couverts de papier rose et vert. Il y a des ramages, des oiseaux, des fleurs... Au centre de la chambre se trouve le lit de bois. Je n'ai jamais dormi dans un lit aussi grand, aussi confortable. À droite, sur une commode, sont posés un pichet d'eau et une cuvette de porcelaine. Au-dessus de mon lit est accrochée une croix de bois, toute simple, nue, sans christ dessus, comme il n'y en a pas chez nous. Soudain, des cloches retentissent. La femme au bonnet sursaute et s'exclame dans sa langue avant de disparaître en trottinant.

213

J'essaie de rassembler mes esprits. Je ne comprends rien à ce qui m'arrive. Je suis incapable de dire où je suis, ni quel jour nous sommes. Je me souviens m'être évanouie dans l'église de Saint Peter Port. Le reste m'est inconnu. Pourtant, je ne suis pas effrayée. Je me suis même rarement sentie aussi bien. La chambre est jolie, les draps sont doux, un soleil timide jette sur le parquet ses rayons. Il y a dans l'air une odeur de cire et d'herbe fraîchement coupée. C'est donc déjà le printemps ?

Soudain, j'entends des pas puis des coups frappés à la porte. La vieille domestique entre, suivie d'un monsieur tout de noir vêtu, avec une petite barbe blanche taillée en pointe. Il vient à mon chevet. Il a un bon regard, des yeux d'un bleu profond. Il me sourit.

– Eh bien, dit-il avec un accent anglais, voilà notre jeune Française éveillée !

Il regarde le plateau posé sur les draps et demande :

– Vous avez mangé ? C'est bien ! Il faut reprendre les forces. Manger un peu, chaque jour. Every day. C'est ce qu'a dit le docteur Grant. Et puis, quand vous tiendrez sur vos jambes, il faudra se lever. Faire des pas dans la chambre, et ensuite dans le jardin, n'est-ce pas ?

Je hoche la tête. Il m'adresse un sourire bienveillant.

– Qui êtes-vous ? Et où suis-je ?

– Je suis le révérend Asten. Je suis le pasteur de la paroisse de Saint Peter Port. L'organiste vous a trouvée dans l'église, c'était il y a dix jours. Il vous a ramenée là. Madame Peeks est ma servante. C'est elle qui

214

vous a veillée et soignée, ajoute-t-il en désignant la vieille domestique au bonnet.

J'adresse un signe de gratitude à Mme Peeks. Je murmure « Merci beaucoup ». J'aimerais prononcer d'autres mots pour exprimer ce que je ressens, pour dire à quel point je leur suis reconnaissante mais je n'en trouve pas. Personne n'a jamais été aussi gentil avec moi. Le révérend Asten m'adresse un sourire.

– Comment vous appelez-vous ?

– Léonore.

– Léonore, quand vous serez reposée il faudra que nous causions un peu tous les deux, d'accord ?

Je hoche la tête. Bien sûr. Je veux bien causer avec celui à qui je dois tout.

– Mais d'abord, il faut vous rétablir.

– Oui monsieur.

Ma réponse le fait sourire.

– Good ! Very good !

Il se lève, donne quelques consignes à Mme Peeks – consignes que je ne comprends pas – puis il disparaît. Je sens le sommeil me gagner. Pourtant mon esprit résiste, je ne veux pas dormir. J'ai trop peur de me réveiller pour découvrir que cela n'était qu'un rêve.

Le lendemain pourtant, le rêve se poursuit. Je me réveille dans la même chambre, aux murs roses et verts. Ce sont les mêmes oiseaux, les mêmes fleurs, les mêmes meubles. Le sourire de Mme Peeks, lorsqu'elle m'apporte le même plateau en criant « Breakfast ! », n'a

215

pas changé lui non plus. Je mange de meilleur appétit. Le thé ne me semble plus aussi amer.

Je ne vois pas le révérend Asten ce jour-là. Je demande du papier, pour écrire à mes parents de Noisiel. Ma main tremble encore un peu et j'ai du mal à soutenir ma tête. Aussi ma lettre est courte. J'écris simplement : « Mes chers parents, je vous demande de ne pas vous inquiéter pour moi. Je suis à Guernesey. Des personnes que je ne connais pas s'occupent de moi avec beaucoup de gentillesse. Je pense à vous très fort. Je rentre bientôt. Je vous embrasse, votre Léonore ».

Je tends la lettre à la servante en lui demandant, à grand renfort de gestes explicatifs, de bien vouloir la poster. Elle semble comprendre, saisit la lettre et disparaît. C'est nouveau, pour moi, de me faire servir. C'est déroutant aussi. Lorsque je tire la sonnette dont le cordon pend à la tête de mon lit, à chaque fois que le carillon se fait entendre, je me surprends à vouloir me lever. Immédiatement, je pense : « C'est madame, elle a besoin de moi ! » Est-ce qu'on ne perd jamais ce genre de réflexe ?

Le troisième jour de ma convalescence, un docteur vient me voir. Comme il ne parle pas français, je me contente de hocher la tête à tout ce qu'il me dit. À la fin de son examen, il me montre le jardin par la fenêtre et répète :

– Outside ! Outside !

Le révérend Asten qui entre dans la pièce à ce moment-là m'explique :

– Léonore, il faut sortir ! Le docteur dit que ça te fera le plus grand bien de prendre l'air. Il fait très beau aujourd'hui, regarde ce soleil !

Je ne me fais pas prier. La fenêtre ouverte laisse entrer un vent frais, chargé du parfum des arbres en fleurs. Il doit faire bon être dehors et pouvoir humer l'air du printemps. Avec beaucoup de précautions, Mrs Peeks me revêt d'une robe de chambre en coton rose pâle. Puis elle me conduit hors de la chambre et m'aide à descendre l'escalier. Le rez-de-chaussée de la maison est sobre, très dépouillé. Les murs sont blancs comme ceux de l'église. Quelques meubles en bois rustique ornent les pièces.

À peine avons-nous franchi le seuil que je suis éblouie par le soleil. Le jardin est magnifique, je n'en ai jamais vu de tel. Il ne ressemble pas au jardin des Tuileries, avec ses plates-bandes, ses allées, ses massifs soigneusement taillés. Non, ici la nature semble s'épanouir naturellement, elle est variée, presque sauvage. Des massifs, des rosiers grimpants, des arbres exotiques cohabitent en harmonie. Leurs branches se touchent, s'emmêlent, se confondent. Des allées tortueuses se perdent sous les frondaisons dont on ne distingue pas l'issue.

Le révérend Asten est assis sur un banc, sur un petit belvédère qui surplombe la mer. Je l'y rejoins. La vue est splendide. Devant nous, la mer s'étend à perte de vue et ses flots bleus brillent sous les rayons du soleil.

– Alors, Léonore, que penses-tu de notre île ?

– Je la trouve très belle.

– Et tu as raison ! C'est une île un peu rugueuse, un peu rude. Monsieur Hugo dit : « Un caillou dans la mer ». Mais quelle beauté, n'est-ce pas ?

Monsieur Hugo ? Mon hôte vient de me rappeler Émilien, *La Marseillaise*, les proscrits, la lettre engloutie… Cela me semble si loin !

– Monsieur, depuis combien de temps suis-je chez vous ?

– Cela fait onze jours, je crois. Non : douze. Tu as été très malade.

Nous restons un instant silencieux, les yeux fixés sur le tableau changeant des vagues.

– Maintenant Léonore, il faut que nous causions sérieusement. Qui es-tu ? D'où viens-tu ?

Qui je suis ? J'avoue que je ne sais plus très bien… J'ignore si je dois parler au révérend des raisons pour lesquelles je suis venue jusqu'ici. Mais devant son bon regard et son sourire bienveillant, je me décide à être franche. Si l'on n'est pas sincère avec ceux qui vous témoignent tant d'amitié et de générosité, avec qui le serions-nous ? Je prends une longue inspiration et je déclare :

– Je m'appelle Léonore. Léonore Désilles. Ce nom, je l'ai découvert il y a quelques mois, quand mes parents m'ont révélé le secret de ma naissance. Jusque-là, j'étais persuadée d'être Léonore Florin, fille de Jacques et Berthe Florin, ouvriers à l'usine Menier, à Noisiel. Mais cet hiver ma mère m'a dit la vérité : je suis née dans une famille bourgeoise de Paris, de monsieur et madame Henri Désilles. Ils m'ont mise en nourrice chez les Florin à Noisiel. Et puis ils ne sont jamais venus me rechercher. Je leur en ai voulu d'abord. Je suis allée à Paris pour les retrouver, mais ils n'y étaient pas. J'ai appris qu'ils avaient fui la France, lorsque Napoléon a fait son coup d'État. Et qu'ils vivaient ici.

M. Asten ne dit rien. Il caresse sa barbe, songeur.

– Et maintenant ?

– Maintenant je vais rentrer en France. Ce qui me fait de la peine, c'est que j'avais un petit drap de batiste blanc sur lequel étaient brodées mes initiales. Un L et un D entrelacés. Il paraît que c'est celui qu'il y avait dans mon couffin quand mes parents m'ont déposée à Noisiel.

– Et ce drap... tu l'as perdu ?

– Il a été jeté dans la mer, par les mousses du navire qui devaient alléger le chargement du bateau.

– Léonore, sais-tu à quoi ressemblait ta vraie mère ? En as-tu déjà vu un tableau ?

Je secoue la tête. Le révérend fouille la poche intérieure de son veston. Il en tire un petit miroir. Il me le tend. Je me regarde dans la glace. Je me découvre très pâle, les joues creuses, les yeux enfoncés.

– Voilà à quoi ressemblait Gersende Désilles. C'est toi, trait pour trait.

Je le fixe sans comprendre. Il range le miroir dans sa poche.

– J'ai bien connu ta mère. C'est moi qui lui ai fermé les yeux, quand elle nous a quittés, peu de temps après être arrivée à Saint Peter Port.

Je n'ose plus bouger, abasourdie. Ma mère ? Ma mère est donc morte ? Cette nouvelle me brûle à l'intérieur. C'est comme du plomb fondu sur une plaie. Je comprends aussi autre chose : M. Asten m'a reconnue. Sans le drap, sans connaître mon histoire, il a deviné qui j'étais.

– Lorsque je t'ai trouvée dans l'église, j'ai d'abord songé que tu étais une malheureuse. Naturellement, je suis un homme de Dieu, il était de mon devoir de te secourir. Mais lorsque j'ai vu ton visage, tes traits, mon Dieu ! C'est comme si je revenais dix-huit ans en arrière, quand ta pauvre mère a débarqué sur l'île.

– Que... que lui est-il arrivé ?

– Une fièvre, très forte, l'a emportée. Elle ne supportait pas l'exil. Elle languissait sur cette île, loin de la France qu'elle aimait passionnément. Et puis elle avait perdu son enfant en mer. Elle ne s'est jamais remise de sa mort.

Mon cœur cesse de battre. La mort de son enfant ? Est-il donc possible que je sois la dernière, la seule Léonore Désilles ?

– Quand j'ai rencontré tes parents, Léonore, on aurait dit que déjà, elle n'était plus vraiment de ce monde. En vérité, je crois qu'elle est morte de chagrin.

Il se tait. À son silence, je comprends qu'il aimait bien ma mère et qu'il la regrette.

– Lorsque je t'ai vue, je ne pouvais y croire. Tout le monde ici connaît la triste histoire de tes parents. On savait que leur fille était morte, et qu'ils n'en avaient pas d'autre. Mais la ressemblance était trop troublante. Je t'ai ramenée ici et confiée aux soins de Mrs Peeks et du docteur Grant. Et puis, une nuit, alors que tu délirais sous l'emprise de la fièvre, Mrs Peeks qui te veillait m'a fait chercher. Dans ton délire, tu appelais tes parents. Tes paroles étaient confuses, désordonnées, mais tu répétais : « Mon nom est Désilles, je cherche Henri et Gersende Désilles ». Cette nuit-là, j'ai compris. J'ai fait appeler ton père, qui est mon ami. Sa maison se situe en haut de la côte, à quelques mètres de là. Quand il t'a vue, il a tout de suite compris.

Il a tout de suite compris ? Qu'a-t-il compris ? Je n'ose rien demander. Les mots me manquent. Mon esprit est paralysé.

– Bien sûr, ça a été un choc pour lui. Depuis des années, il pleure sa petite Léonore dans cette enfant qu'on lui a remise, sur le port de Granville et qui est morte, d'un seul coup, pendant la traversée. Le soir où ils sont arrivés à Saint Peter Port, c'est moi qui ai ausculté l'enfant. C'était trop tard, il n'y avait plus rien à faire. Elle était malade depuis longtemps sans doute, si affaiblie qu'elle n'a pas supporté les fatigues du voyage. Ton père s'est mis en colère. Il disait des choses terribles. Il en voulait à la nourrice,

221

il l'accusait d'avoir empoisonné sa petite fille. Il se souvenait d'avoir déposé chez elle une enfant pleine de vie aux joues roses, et il tenait maintenant dans ses bras le cadavre de ce petit être faible, si pâle, si froid. Ta mère, elle ne disait rien. Pas de colère, pas de cris, seulement des larmes qui coulaient sans bruit et sans arrêt. C'est depuis ce jour terrible, celui de la mort de l'enfant, que nous sommes devenus amis. Parfois de belles fleurs poussent sur les tombes...

Le docteur se tait.

J'imagine ce qui surgit de sa mémoire à cet instant, les images, les ombres, le souvenir encore vivace de ce soir-là. Moi, je suis sur des charbons ardents. J'ai besoin de savoir.

Je balbutie :

– Vous... vous avez dit que mon père avait tout de suite compris...

– Oui, tu as raison. Je n'ai pas eu besoin de lui expliquer ce qu'il se passait. Le pauvre Henri, en te voyant, a été saisi de stupeur, comme frappé par la foudre. En toi, il revoyait le visage de son épouse. Il a murmuré : « Gersende ? Non, lui ai-je dit. Elle s'appelle Léonore ». À ce nom, il a été pris de tremblements. Il a vacillé puis s'est assis sur le lit où il a pris ta main. Il était secoué de sanglots. Il répétait ton prénom « Léonore, Léonore, serait-ce possible ? » J'ai posé ma main sur son épaule et je lui ai dit : « Il faut croire que l'enfant que vous avez recueillie sur le port de Granville n'était pas votre fille ».

Je me souviens, dans mon délire, d'avoir entendu ces mots «Léonore, serait-ce possible?» Je n'ai pas rêvé. Ces mots, c'est mon père qui les a prononcés à mon chevet.

– Est-ce que je vais le voir?

– Certainement. Mais j'ai pensé qu'il valait mieux attendre de connaître ton histoire. Attendre aussi que tu sois rétablie. Te voir brûlante de fièvre lui rappelait trop de souvenirs douloureux. Je lui ai promis que nous viendrions à Marigold House dès que tu serais guérie.

– Et croyez-vous, monsieur, que je le suis?

– Qu'en penses-tu?

– Je crois que oui.

– À la bonne heure! Nous irons demain à Marigold House.

Lorsque je me lève et quitte le belvédère au bras du révérend Asten, la mer est toujours aussi bleue. L'air est toujours doux, la pelouse verte, les murs blancs; les rosiers grimpants exhalent le même parfum. Tout est pareil. Et pourtant, je le sais, tout a changé.

# CHAPITRE XXI

Le lendemain matin, Mrs Peeks dépose sur mon lit une robe :
– This is your dress, miss !
Je me lève et j'examine l'étoffe. C'est une robe de percale blanche à pois bleus, avec une petite cravate de soie grise nouée autour du cou. Jamais je n'ai caressé de tissu aussi délicat, aussi doux. Mrs Peeks m'aide à ôter ma chemise et à enfiler la robe. Puis elle prend du recul, les poings sur les hanches, fronce les sourcils, arrange la taille, redresse une épaule, tire sur la manche. Elle baragouine des mots anglais que je ne connais pas, elle soupire. Je devine les raisons de son mécontentement. J'ai perdu du poids lorsque j'étais malade et je flotte un peu dans cette robe. Mais cela m'est égal. Je suis si heureuse, si émue à l'idée de rencontrer mon père que l'ajustement de ma toilette me semble secondaire.

Maintenant, Mrs Peeks brosse ma chevelure et entreprend de la coiffer. Comme c'est étrange de se laisser faire, de voir une autre accomplir ce que d'ordinaire j'exécute seule ! À tout moment, je suis tentée de saisir la brosse pour remplacer Mrs Peeks dans cette besogne. Mais la servante a son idée, elle poursuit son travail d'un air obstiné et je ne peux que suivre, silencieusement, l'élaboration de ma coiffure. Elle tresse une couronne au-dessus de mon front, y plante des épingles, fait des torsades, tire des mèches, les enroule, les noue et finalement s'écrie, triomphante :

– Here we are !

Dans le reflet du face-à-main qu'elle me tend, j'aperçois le profil d'une jeune fille blonde, élégante, jolie. J'ai toutes les peines à me reconnaître. Je pense à ma mère, à la phrase du révérend Asten : « Voilà à quoi ressemblait Gersende Désilles. C'est toi, trait pour trait ». Cette idée m'emplit d'une immense fierté. D'une grande confiance, aussi. Je rends le miroir à Mrs Peeks en souriant, reconnaissante de cette métamorphose.

– That's beautiful ! You are beautiful ! répète-t-elle.

Je ne connais pas le sens de ce mot, « biotifoule », mais je devine à son air satisfait, à ses yeux qui brillent, qu'elle aussi me trouve jolie. Elle avance vers mon visage ses grosses mains et me pince fortement les pommettes pour y faire affluer le sang.

– That's it ! lance-t-elle en me tapotant les joues. You are not blade at all now ! Not blade, not sick !

La méthode de Mrs Peeks n'est guère agréable mais elle est efficace. En jetant un coup d'œil dans le face-à-main, je me trouve un air de santé et de joie qui me plaît. Mais je n'ai guère le temps de m'y attarder. Déjà le révérend Asten m'appelle. Il est l'heure de partir.

Mon cœur bat fort dans ma poitrine cependant qu'on avance sur le chemin qui mène à Marigold House. Le révérend ne dit rien. Moi-même, je me sens trop émue pour parler. Pourtant tout me plaît sur ce chemin : les maisons tournées vers la mer, les arbres en fleurs, le cri des mouettes. Le soleil, rayonnant, semble poser sur cette journée un sourire bienveillant. Enfin, nous arrivons devant un portillon. Le révérend Asten me regarde.

– Es-tu prête ?

Je hoche la tête tandis que nous pénétrons dans le jardinet. En vérité, je ne suis pas très sûre d'être prête. Mais le serai-je jamais ? J'ai peur que mon père me trouve maladroite, ignorante, si peu conforme à ce qu'il espérait. Je crains de le décevoir. Et lui ? Est-ce qu'il peut me décevoir ? Je ne me pose pas la question. Il est mon père, celui qui m'a confiée à ma nourrice, qui m'a fait chercher avant de fuir la France, celui qui a pleuré ma mort quand il m'a crue décédée. Il est un exilé, qui s'est opposé à l'empereur, qui a quitté la France pour défendre ses valeurs, ses convictions. Je lui prête un courage immense. Non, un tel père ne peut pas me décevoir !

Nous sonnons. La porte s'ouvre. Je retiens mon souffle. C'est une servante aux cheveux roux et aux taches de rousseur.

– Monsieur est dans le salon, il vous attend, dit-elle avec un fort accent anglais.

Nous pénétrons dans un corridor obscur qui ouvre sur une vaste pièce, très claire, où le soleil entre à flots par des grandes fenêtres.

D'abord je ne distingue rien. Mon regard balaie la pièce et j'aperçois un homme assis au fond d'un fauteuil. Il a les yeux bleus, les cheveux gris et d'épais favoris. Il se lève en nous voyant et, en tremblant un peu, il me tend sa main.

– Alors... c'est vrai ? C'est bien toi, ma petite Léonore ?

Je ne peux répondre. Quelque chose est coincé dans ma gorge qui empêche tous les mots de sortir. Je saisis la main qu'il me tend et aussitôt, il m'attire contre sa poitrine. Le temps semble suspendu. Je ne sens plus rien que ces bras autour de mes épaules, je n'entends plus que les battements de mon cœur qui tape fort dans le silence recueilli du salon. M. Désilles se recule un peu, sans lâcher ma main. Il me dévisage d'un regard tendre qui embrasse toute ma personne, des pieds à la tête. Alors, il m'attire vers le mur du fond où le portrait en pied d'une femme très belle nous observe en souriant. Mon père me place devant le tableau, se tourne vers le révérend et l'interroge du regard.

– Mon Dieu ! s'exclame le révérend Asten, est-ce possible ? C'est stupéfiant, oui tout à fait stupéfiant ! C'est exactement elle, Gersende, Gersende Désilles !

Mon père, trop troublé pour répondre, demeure immobile, et ses yeux vont alternativement du tableau à ma personne et de ma personne au tableau. Je n'ose bouger. Je crains que le moindre mouvement, la moindre expression de mon visage, vienne gâcher ma ressemblance avec le portrait qui me domine, et vienne briser le charme de cet instant. Pour rien au monde, je ne voudrais décevoir mon père.

– Eh bien, s'exclame le révérend remis de sa stupeur, les choses semblent claires à présent. Il reste bien sûr des zones d'ombre, des mystères à éclaircir. Mais pour cela, je crois que vous serez mieux entre vous, n'est-ce pas ?

Le révérend nous salue et s'éclipse discrètement. Je reste seule avec cet homme que je connais à peine et qui est mon père, devant le tableau de cette femme très belle qui nous couve du regard. Je suis si fascinée par ce portrait, par sa grâce, que je ne remarque pas les tableaux qui l'entourent. Ce n'est qu'après un examen silencieux de la pièce que je vois, sur les murs tendus de soie bleu pâle, les portraits d'hommes portant sur leurs perruques poudrées des couronnes d'or.

– Assieds-toi, Léonore, tu es chez toi ici.

Mon père me désigne un gros fauteuil de velours.

– Il faudra tout me raconter, une fois, et ensuite, si tu le veux bien, nous n'en parlerons plus. Plus jamais. Cela remuerait trop de choses en moi, trop de chagrins, de vieilles blessures. Penser que tout ce temps tu étais loin de moi, privée d'éducation, privée de tout et d'abord de mon affection, tandis qu'ici je pleurais vainement sur une tombe qui n'était pas la tienne...

Je l'interromps :

– Non, mon père, je n'étais pas malheureuse. Mes parents, les Florin, ont été bons pour moi, ils m'ont élevée comme leur fille.

– Mais, tu as travaillé...

– Oui, à l'usine. Et puis comme bonne aussi, oh pas longtemps !

– Tu vas me dire tout cela.

Dans un geste tendre, il me prend la main, il en examine la paume, rougie, un peu calleuse déjà d'avoir servi à l'usine et au ménage. Il y pose un baiser.

– Oh ma petite fille, ma Léonore à l'usine !

Alors je lui raconte mon enfance à Noisiel, l'école, le travail, la famille, les dimanches en bords de Marne. Il m'écoute, songeur. Parfois, il murmure : « Tu n'étais donc pas malheureuse » ou bien, au sujet de mes parents : « Les braves gens, ils t'ont bien aimée ! » et aussi cette exclamation, empreinte de fierté : « Tu sais donc lire ! »

Quand je raconte la délégation de l'usine Menier, la visite à l'empereur, les Tuileries, je le vois qui fronce les sourcils.

Il secoue la tête et je devine dans son silence obstiné toute sa colère sourde contre l'empereur. Je lui raconte l'assassinat de Victor Noir, l'enterrement, le procès, sans mentionner toutefois le nom d'Émilien.

Il soupire :

– Cette histoire précipitera la chute de l'usurpateur ! On ne lui pardonnera pas une telle lâcheté. Aucun roi, jamais, n'aurait couvert un tel crime, fût-il celui d'un de ses parents ! Lorsque le Régent Philippe d'Orléans a condamné à mort son cousin le comte de Horn, qui était un assassin, beaucoup parmi les courtisans ont demandé sa grâce. Sais-tu ce qu'a répondu le Régent ?

– Non.

– « Lorsque j'ai du mauvais sang, je me le fais tirer ! »

Je hoche la tête, je comprends l'anecdote. Ce que je ne comprends pas, c'est pourquoi mon père me parle de Régent, de roi. Pour un républicain, exilé à Guernesey, je trouve ces références troublantes. À nouveau je lève les yeux vers les portraits couronnés. Au-dessus de la cheminée, dans un blason aux ornements compliqués je reconnais une fleur de lys, surmontée d'une devise en latin. Est-ce que mon père serait royaliste ? Je reprends mon récit. À l'évocation de son frère Charles le député, qui habite l'appartement qui est le sien, boulevard Saint-Germain, et qui sert l'empereur, mon père devient blême. Ses poings se serrent, comme s'il voulait contenir sa colère.

231

– Mon frère… ce renégat, ce parjure ! laisse-t-il échapper. Comment a-t-il pu trahir notre famille, notre nom ? Un Désilles au service de cet usurpateur de Napoléon le petit ! Quel déshonneur !

Soudain, il se lève brusquement et se dirige vers la cheminée.

– Regarde, Léonore ! Tu vois là le blason de la famille Désilles. C'est le tien ! La fleur de lys manifeste notre attachement à la couronne de France. Là est notre devise : *Nec aspera terrent*. Sais-tu ce que cela signifie ?

Je secoue la tête. Je n'ai jamais appris le latin.

– « Ils ne redoutent pas les épreuves ! » Voilà la devise des Désilles, celle de notre famille, la tienne à présent ! Lorsque la monarchie est tombée, mon frère s'est empressé aux pieds de l'empereur pour lui faire sa cour. Il craignait pour sa fortune, pour son rang, pour sa gloire. Pauvre petite gloire que celle d'un ver de terre rampant devant le pouvoir ! Quant à moi, je ne pouvais rester en France. Depuis la chute du roi Louis-Philippe, j'appartenais à une société secrète qui œuvrait pour la restauration de la monarchie. Ce n'était pas une question de politique, c'était une question de fidélité à un régime que les miens ont toujours servi. Lorsque l'empereur a fait son coup d'État, on est venu me prévenir que j'étais recherché. Je n'ai pas balancé : j'ai quitté la France. Tu as deviné juste : c'est par opposition à Napoléon que je suis exilé.

Je n'ai pas deviné juste du tout. J'étais persuadée que mon père était un héros de la République, un proscrit, un « chantre de la liberté » comme disait Émilien ! Et voilà que je le découvre royaliste, attaché à la couronne et à des traditions séculaires. Toutes mes certitudes s'effondrent. J'ai mené cette aventure avec, au cœur, une fausse image de mon père. Je lui ai prêté des idées, des opinions qui n'étaient pas les siennes. Je devrais être déçue. Pourtant quelque chose en moi s'enorgueillit d'avoir un père capable de renoncer à sa place, à son rang, au confort de sa vie parisienne par fidélité à ses idées, quand bien même ces idées ne sont pas républicaines. Et puis cette devise qui est la mienne fait écho à mon histoire, à mon parcours : « Ils ne redoutent pas les épreuves ». Je m'étonne – et même je m'émerveille – d'avoir, sans le savoir, obéi à l'adage de ma famille.

Mon père marche lentement dans le salon, l'air mélancolique. Il semble ailleurs, comme s'il suivait des idées qui l'obsèdent et que je ne saisis pas.

– Je suis officier. Chez les Désilles, nous sommes tous officiers. Mon père, et le père de mon père, et les autres aussi, des générations d'officiers qui se sont battus pour défendre leur patrie, qui ont suivi les rois en exil, qui ont mis à leur service leurs bras, leur courage. Comprends-tu maintenant ? Comprends-tu Léonore ? C'est par fidélité à mes ancêtres que je suis parti. Ai-je eu raison ? Ai-je eu tort ? Je me le suis souvent demandé. J'ai eu des regrets, parfois.

Je me disais : si nous étions restés à Paris, ma chère Gersende serait toujours avec moi... Nous serions allés te chercher à Noisiel, tu aurais grandi avec nous, boulevard Saint-Germain. Mais j'étais fier. Mon cœur se cabrait à l'idée de me soumettre au pouvoir de l'usurpateur. Hugo a dit : « Je rentrerai en France quand la liberté y rentrera ». Moi je pouvais dire : « Je rentrerai quand le roi reviendra ».

Il se fait un silence puis, revenant près de moi, mon père s'exclame d'une voix adoucie :

– Allons, il est vain de songer à toutes ces choses ! Te voilà près de moi et c'est tout ce qui compte. Nous allons vivre ensemble, sous le même toit, je veillerai à te transmettre tout ce qui t'a fait défaut. Nous avons tant de temps à rattraper ensemble !

Son sourire est doux, son regard bon. Et j'éprouve combien j'aime cet homme, mon père, malgré nos différences, malgré ses opinions politiques, malgré le temps qui nous a manqué.

– D'abord, il faut que je te présente aux hôtes de cette maison ! lance-t-il en se levant d'un bond. C'est aussi la tienne à présent.

Les hôtes de cette maison ? Je comprends que mon père ne vit pas seul. J'éprouve comme une brûlure, un pincement de jalousie. J'aurais tant aimé que nous ne soyons que tous les deux pour réapprendre à vivre. Il m'entraîne devant une porte qu'il ouvre d'un coup. Dans une petite bibliothèque sont assis une femme qui doit avoir son âge et un jeune homme.

La femme se lève. Elle me sourit et me tend la main.

– Léonore! Je suis enchantée! dit-elle avec un accent anglais. Depuis que votre père vous a vue, chez le révérend Asten, il ne cesse de parler de vous. C'est pourquoi je suis si heureuse de faire votre connaissance.

– Léonore, voici Margaret. Elle est mon épouse.

Je tente de dissimuler ma déception. Je serre la main de l'Anglaise et balbutie timidement un «bonjour madame». Je lui trouve l'air sec, malgré son sourire. Un instant, je superpose le visage de ma mère au sien. Aucun doute: maman était bien plus jolie, bien plus gracieuse. Cependant, le jeune homme s'est levé. C'est un grand garçon brun, très élégant avec sa redingote bleu nuit, sa cravate blanche et son gilet de soie jaune d'or. Il fait un pas vers moi.

– Et voici Edward, le neveu de Margaret! Edward est officier dans la Royale, au service de sa Majesté la reine Victoria. Il vit ici en attendant de rejoindre son régiment.

Edward se courbe devant moi.

– Mademoiselle! dit-il avec une extrême courtoisie. Je suis si heureux de vous connaître enfin! Je vous souhaite la bienvenue dans votre demeure.

Ces premiers mots me troublent et m'embarrassent un peu. Mais, comme il y a dans son regard quelque chose d'aimable et de charmant, j'acquiesce et je réponds:

– Monsieur, cette demeure est celle de mon père et ses amis sont aussi les miens.

Ma réponse doit plaire à mon père qui me sourit. Nous restons un instant silencieux tous les quatre, sans plus trouver rien à nous dire. Je songe que tout commence maintenant, qu'il va me falloir apprendre à vivre sur cette île, entre ce père que je connais à peine et cette femme que je ne connais pas du tout. Je ne sais plus très bien si j'en suis heureuse, si c'est là la vie que j'ai recherchée, que j'ai si avidement désirée. C'est si nouveau, si inattendu pour moi. Soudain, la servante aux taches de rousseur fait irruption dans la pièce.

– Le thé de madame est servi dans le bow-window, déclare-t-elle.

Mon père et Margaret la suivent. Je reste seule avec le jeune officier dans le silence de la bibliothèque. Dans ses mains, je reconnais un livre de Victor Hugo sur lequel il est écrit en lettres dorées : *Les Contemplations*. Edward surprend mon regard et me demande :

– Avez-vous lu Victor Hugo, mademoiselle ?

Et comme je fais non de la tête, il ajoute d'une voix douce :

– Je vous le prêterai. Je pourrai même vous réciter quelques poèmes. Je les connais par cœur. Vous verrez, c'est très beau.

Je souris, un peu troublée. Cette phrase fait écho à celle qu'un matin, sur un trottoir du boulevard Saint-Germain, Émilien a prononcée. Il neigeait alors, et j'étais une petite bonne qui rêvait de liberté.

236

Je me souviens qu'Hortense aussi lisait Victor Hugo et je me dis que c'est incroyable qu'un même poète parle ainsi à des hommes si différents, qu'il entre pareillement dans les cœurs royalistes, bonapartistes ou républicains… Il est donc possible de surmonter ces divisions, de trouver un peu de paix et de concorde au-delà de nos divergences ? Cette pensée me remplit d'espoir. Je souris à Edward et je murmure :

– J'en suis sûre, que c'est très beau.

# ÉPILOGUE

*Guernesey*
*été 1870*

Edward a tenu sa promesse. Il m'a prêté le recueil de Victor Hugo. Puis d'autres ouvrages, des romans, des pièces de théâtre. En trois mois, j'ai lu plus de livres qu'en toute ma vie. C'est que je lis plus vite, plus facilement. J'écris mieux aussi. C'est Edward qui m'a appris. Chaque matin, durant deux heures, il m'enseigne patiemment tout ce que je ne sais pas. Les tournures, la grammaire, la conjugaison et les mots qui me faisaient défaut. Je les emploie dans les lettres que j'envoie à Hortense et à mes parents de Noisiel. Dans mes lettres, de plus en plus longues, je leur raconte ma vie sur l'île, mes lectures, mes promenades sur la côte. Ils dictent à Suzanne des réponses brèves où percent les accents de leur fierté et de leur tendresse :

239

« Tu écris comme une vraie demoiselle maintenant », « Nous sommes contents que ton père soit un brave homme et qu'il te donne de l'affection », « Nous avons eu bien de la peine en apprenant la mort de ta pauvre maman », « Sois heureuse ma Léo, et ne nous oublie pas ».

Je n'ai jamais écrit à Émilien. Je suis toujours confuse lorsque je pense à lui. Je suis devenue une Désilles, j'appartiens désormais à cette famille royaliste. Parfois, lorsque je songe à nos discussions enflammées, à ces heures où nous parlions ensemble de République et de liberté, à nos souvenirs jetés ensemble dans la tombe de Victor Noir, j'ai l'impression de l'avoir trahi. Cela me rend triste. Je préfère qu'il ne sache rien et qu'il m'oublie.

L'après-midi, mon père s'entretient avec moi au cours de longues promenades que nous faisons ensemble sur la côte. Il m'apprend l'histoire de France et la géographie. Il dit que je progresse très vite et que sans rien connaître, je sais tout. Il dit aussi que ça le remplit de joie de pouvoir s'entretenir avec moi de ce qu'il a tant aimé : les paysages de France, la grandeur de son histoire, la beauté de sa langue, tout ce qui lui manque ici, en exil.

Je me suis habituée à ma nouvelle vie, entre la France et l'Angleterre. L'île est magnifique. J'aime sa nature sauvage, son port, ses falaises abruptes, où la terre semble se précipiter soudain dans l'eau bleue.

J'ai appris à boire du thé, chaque jour, à quatre heures. Je sais dire quelques mots dans la langue de Margaret. Celle-ci me montre de la bienveillance, de la douceur, sans se départir pourtant de la réserve qu'elle m'a témoignée le premier jour. Je ne crois pas qu'il puisse jamais y avoir entre nous d'affection, de tendresse. Mais celles que me prodiguent mon père et Edward me suffisent. Sans compter la gentillesse du révérend Asten, qui nous rend visite régulièrement.

Je n'ai jamais rencontré Victor Hugo, que tout le monde ici appelle le Grand Homme. Mon père le connaît un peu. Malgré leurs divergences d'opinion, tous deux s'apprécient. La politique les divise mais l'exil les réunit. Mon père a déjà été reçu dans la demeure du poète qui s'appelle Hauteville House et qui est, dit-on, décorée avec beaucoup d'extravagance. J'ai parfois croisé sa silhouette lointaine sur la lande où il se promène à grandes enjambées. Trop timide, ou trop impressionnée par son génie, je ne l'ai jamais salué. Mais je connais tous ses livres que je dévore. J'y trouve le goût de la vraie vie, celle que l'on mène sur cette terre, sous les étoiles, sans savoir vraiment où l'on va, ballotté par des vents contraires.

Depuis notre île, la France semble lointaine. Les nouvelles nous parviennent avec retard, par la presse ou par les lettres envoyées à mon père. C'est ainsi que j'ai appris qu'au terme de son procès, le cousin de l'empereur qui avait tué Victor Noir a été acquitté.

Napoléon III, soucieux de sa popularité au terme de cet épisode, a organisé un plébiscite. Le résultat a été sans appel. Le 8 mai, des millions de Français ont renouvelé leur attachement à l'Empire. Par ce résultat triomphal, les Français ont invité Napoléon III à poursuivre sa tâche, malgré ses propres hésitations, ses faiblesses, sa santé chancelante. Le jour où nous l'avons su, mon père s'est enfermé au salon. J'ai passé la soirée avec Edward, qui m'apprend à jouer aux échecs.

Heureusement, l'été est de retour sur l'île. Il fait beau. Nous organisons des pique-niques dans les criques, sur les plages. Je relève mes robes. Je trempe mes pieds dans l'eau froide de la Manche, comme je le faisais autrefois avec Suzanne sur les berges de la Marne. Margaret dit que ce ne sont pas des manières de demoiselle. Mon père, lui, dit que Guernesey est l'île de toutes les libertés et que je peux faire ce qu'il me plaît. Edward s'en amuse.

Et puis, un matin, un coup de tonnerre éclate dans le ciel calme de l'été. Nous sommes tous réunis sur la terrasse, face à la mer, sous la vigne. Edward travaille, je lis, Margaret brode.

Un coursier à cheval s'arrête devant la maison. Il vient de Hauteville House. Il demande à voir mon père. Nous tendons l'oreille, mais les deux hommes parlent à voix basse.

Une émotion vive me traverse. Je devine qu'il se passe quelque chose de grave.

Mon père nous rejoint.

– Mes enfants, dit-il d'une voix blanche, la France vient de déclarer la guerre à la Prusse. Nous rentrons.

Alors, je comprends que mon histoire ne fait que commencer.

*À suivre...*

*Parution du tome 2 en juillet*

# L'AUTEURE

Gwenaële Barussaud est née au xx$^e$ siècle. Elle grandit à la campagne, dans un tout petit village, et passe ses étés en Bretagne. En CM2, son professeur lui donne une rédaction dont le sujet est : *Imaginez votre vie quand vous serez adulte*. Elle écrit : « Quand je serai adulte, je vivrai au bord de la mer, j'aurai beaucoup d'enfants et j'inventerai des histoires ». Aujourd'hui, Gwenaële vit à Saint-Malo. Elle a quatre filles. Entre deux bains de mer, elle écrit des séries historiques et a déjà publié une douzaine de romans. Mais l'histoire ne dit pas si elle est devenue adulte...

Vous pouvez la retrouver sur les salons, sur sa page Facebook et sur Instagram.

## L'ILLUSTRATEUR

Raphaël Gauthey est né à Paris en 1976. Depuis ses études à l'école Émile-Cohl, il vit à Lyon. Après avoir travaillé plusieurs années dans les jeux vidéo en tant qu'infographiste et animateur, il se consacre à l'illustration, principalement en littérature jeunesse. Il réalise des albums, des couvertures de romans, des dessins pour la presse jeunesse, de la bande dessinée, et collabore à des éditions étrangères.

Retrouvez toutes les nouveautés
de Rageot Éditeur sur notre site
rageot.fr

Cet ouvrage a été composé par IGS-CP
à L'Isle-d'Espagnac (16)

Achevé d'imprimer en France en juillet 2018
par Dupliprint (Domont)

Dépôt légal : février 2018
Nᵒ d'édition : 5336-02
Nᵒ d'impression : 2018070780